飞花令·悲

中国文化·古典诗词品鉴

素心落雪 编著

中国文史出版社

图书在版编目（CIP）数据

飞花令．悲／素心落雪编著．— 北京：中国文史出版社，2019.3

（中国文化·古典诗词品鉴）

ISBN 978-7-5205-0853-7

Ⅰ.①飞… Ⅱ.①素… Ⅲ.①古典诗歌—诗歌欣赏—中国 Ⅳ.①I207.2

中国版本图书馆CIP数据核字（2018）第267451号

责任编辑：徐玉霞

出版发行：中国文史出版社
网　　址：www.chinawenshi.net
社　　址：北京市海淀区西八里庄69号院　　邮　　编：100142
电　　话：010-81136606　81136602　81136603（发行部）
传　　真：010-81136655
印　　装：北京温林源印刷有限公司
经　　销：全国新华书店
开　　本：787mm×1092mm　1/32
印　　张：6.875　　　　字　　数：160千字
版　　次：2019年7月第1版
印　　次：2019年7月第1次印刷
定　　价：36.80元

解读飞花令

飞花令，原是饮酒助兴的游戏之一，输者罚酒。源自古人的诗词之趣，得名于唐代诗人韩翃《寒食》中的名句“春城无处不飞花”。古代的飞花令要求，对令人所对出的诗句要和行令人吟出的诗句格律一致，而且规定好的字出现的位置同样有着严格的要求。

而现行“飞花令”的游戏规则相对宽松得多，只要围绕关键字背诵出相应的诗句即可。即使这样，“飞花令”仍是真正高手之间的对抗，因为这不仅考察对令者的诗词储备，更是临场反应和心理素质的较量。

飞花令

目录

悲

张翰

三千里兮家未归，恨难禁兮仰天悲 / 001

曹操

树木何萧瑟！北风声正悲 / 003

曹植

上有愁思妇，悲叹有余哀 / 006

陶渊明

渐离击悲筑，宋意唱高声 / 009

吴均

一见终无缘，怀悲空满目 / 014

卢照邻

他乡共酌金花酒，万里同悲鸿雁天 / 017

王勃

悲凉千里道，凄断百年身 / 019

长江悲已滞，万里念将归 / 022

刘希夷

但看古来歌舞地，唯有黄昏鸟雀悲 / 024

陈子昂

犹悲堕泪碣，尚想卧龙图 / 028

李白

含悲想旧国，泣下谁能挥 / 031

寒蝉聒梧桐，日夕长鸣悲 / 033

王维

笳悲马嘶乱，争渡黄河水 / 035

草间蛩响临秋急，山里蝉声薄暮悲 / 037

杜甫

悲丝与急管，感激异天真 / 040

又如参与商，惨惨中肠悲 / 042

岑参

白发悲明镜，青春换敝裘 / 045

颜粲

悲秋将岁晚，繁露已成霜 / 048

钱起

燕赵悲歌士，相逢剧孟家 / 050

孟云卿

二月江南花满枝，他乡寒食远堪悲 / 052

韦应物

此日相逢思旧日，一杯成喜亦成悲 / 055

卢纶

故关衰草遍，离别自堪悲 / 058

周匡物

悲欢暗负风云力，感激潜生草木身 / 060

李益

今日山川对垂泪，伤心不独为悲秋 / 062

孟郊

心曲千万端，悲来却难说 / 064

韩愈

悲哉无奇术，安得生两翅 / 067

刘禹锡

自古逢秋悲寂寥，我言秋日胜春朝 / 069

白居易

迎新弃旧未足悲，悲在君家留两儿 / 071

应是母慈重，使尔悲不任 / 073

元稹

闲坐悲君亦自悲，百年多是几多时 / 076

张祜

那堪重问江都事，回望空悲绿树烟 / 079

李贺

悲满千里心，日暖南山石 / 081

入乡试万里，无印自堪悲 / 083

温庭筠

晨起动征铎，客行悲故乡 / 085

李商隐

为谢西园车马客，定悲摇落尽成空 / 089

已悲节物同寒雁，忍委芳心与暮蝉 / 091

露如微霰下前池，月过回塘万竹悲 / 093

陆龟蒙

香径长洲尽棘丛，奢云艳雨只悲风 / 096

汪遵

铜雀台成玉座空，短歌长袖尽悲风 / 098

谭用之

乡思不堪悲橘柚，旅游谁肯重王孙 / 100

柳永

当时宋玉悲感，向此临水与登山 / 103

算人生、悲莫悲于轻别 / 106

欧阳修

感事悲双鬓，包羞食万钱 / 109

王安石

念往昔、繁华竞逐，叹门外楼头，悲恨相续 / 112

程颢

道人不是悲秋客，一任晚山相对愁 / 115

苏轼

楚人悲屈原，千载意未歇 / 117

人有悲欢离合，月有阴晴圆缺，此事古难全 / 120

晏几道

九日悲秋不到心 / 123

黄庭坚

断崖苍藓对立久，冻雨为洗前朝悲 / 126

周邦彦

跳脱添金双腕重，琵琶拨尽四弦悲 / 129

朱敦儒

但愁敲桂棹，悲吟梁父，泪流如雨 / 132

李清照

今年瘦，非干病酒，不是悲秋 / 135

赵鼎

天涯海角悲凉地，记得当年全盛时 / 139

陈与义

白头吊古风霜里，老木沧波无限悲 / 142

张元干

万古只青天，多事悲人境 / 144

天意从来高难问，况人情、老易悲如许 / 146

两宫何处，塞垣祇隔长江，唾壶空击悲歌缺 / 149
好是悲歌将进酒，不妨同赋惜余春 / 151

岳飞

莫等闲，白了少年头，空悲切 / 154

陆游

死去元知万事空，但悲不见九州同 / 157

杨万里

秋气堪悲未必然，轻寒正是可人天 / 160

张孝祥

幽壑鱼龙悲啸，倒影星辰摇动，海气夜漫漫 / 162

辛弃疾

今古恨，几千般，只应离合是悲欢 / 165
老怀无绪自伤悲 / 167
千古兴亡，百年悲笑，一时登览 / 169

姜夔

花满市，月侵衣，少年情事老来悲 / 172

吴潜

抖擞一春尘土债，悲凉万古英雄迹 / 175

王恽

悲欢离合常事，知己古为难 / 178

刘辰翁

人间俯仰，悲欢何限，团圆如故 / 181

严羽

关河一望不胜悲 / 184

蒋捷

悲欢离合总无情 / 186

张养浩

见遗基，怎不伤悲 / 189

赵善庆

狐兔悲，草木秋 / 191

陈子龙

并刀昨夜匣中鸣，燕赵悲歌最不平 / 193

王夫之

忆自寻香人去也，寒原夕阳烧悲灺 / 196

朱彝尊

结多少悲秋俦侣，特地年年，北风吹度 / 199

纳兰性德

一阕悲歌泪暗零 / 202

秋瑾

铜驼已陷悲回首，汗马终惭未有功 / 205

张翰

张翰，生卒年不详，西晋文学家。字季鹰，吴郡（今上海松江附近）人。纵任不拘，时号“江东步兵”。齐王司马冏辟为大司马东曹掾，张翰知冏将败，遂弃官归。所作诗今仅存6首。

三千里兮家未归，恨难禁兮仰天悲

思吴江歌

西晋 · 张翰

秋风起兮木叶飞，吴江水兮鲈正肥。
三千里兮家未归，恨难禁兮仰天悲。

注释

木叶：树叶。

鲈：鲈鱼，即桂花鱼，古名银鲈、玉花鲈。体侧扁，巨口细鳞，身有桂花色纹，肉肥嫩鲜美。

简析

诗人通过前两句“秋风起兮木叶飞，吴江水兮鲈正肥”奠定了全诗的感情基调。诗人触景生情，描绘了一幅秋风乍起树叶纷飞时节，洛阳无比萧瑟凄凉，而家乡吴淞江却正是鲈鱼肥美之际的画面，成功地塑造了一位思念家乡鲈鱼脍的古代吃货形象，同时也表达了作者对吴地风光的怀念眷恋之情。吴江就是指今天的吴淞江。它从太湖发源，流入上海境内，最后注入黄浦江。鲈鱼是吴江的特产之一，肉质十分肥美。后世也以“鲈鱼脍”为思乡归赋之典。唐朝王维就有诗云：“忽思鲈鱼脍，复有沧洲心。”

后两句“三千里兮家未归，恨难禁兮仰天悲”，作者在这里采用了直抒胸臆的抒情手法，感叹洛阳距离家乡吴江足有三千里之遥，想回家却回不去，一想到这样残酷的现实，就忍不住仰天悲叹。这种思乡而又不能归乡的悲痛和感伤，一字一泪如泣如诉，令人不忍卒读。全诗抒发了作者对于吴中水乡的魂牵梦萦、久久不忘之情，同时也表现出诗人淡泊名利厌倦官场，视名爵如粪土的高洁品格和意欲归隐田园的出世心态。

背景

张翰因不愿卷入晋室八王之乱，借口秋风起，思念家乡的菰菜（茭白）、莼羹、鲈鱼，辞官回吴淞江畔，“营别业于枫里桥”。这首诗当是思归时即兴吟成，即命仆人起驾返家，其真性情，可见一斑。

曹操

曹操（155—220），字孟德，沛国谯（今安徽亳州）人。东汉末年著名政治家、军事家和文学家。一生讨伐董卓、镇压黄巾军、“挟天子以令诸侯”，先后消灭吕布、袁术、袁绍、刘表等割据势力，统一黄河流域。位至丞相、大将军、魏王。曹魏立国后被追尊为太祖武帝。

树木何萧瑟！北风声正悲

苦寒行

汉·曹操

北上太行山，艰哉何巍巍！
羊肠坂诘屈，车轮为之摧。
树木何萧瑟！北风声正悲。
熊罴对我蹲，虎豹夹路啼。
溪谷少人民，雪落何霏霏！
延颈长叹息，远行多所怀。
我心何怫郁？思欲一东归。
水深桥梁绝，中路正徘徊。
迷惑失故路，薄暮无宿栖。

行行日已远，人马同时饥。
担囊行取薪，斧冰持作糜。
悲彼东山诗，悠悠使我哀。

注释

太行山：绵延于山西、河北、河南三省交界处的大山脉。

何：多么。与下文“雪落何霏霏”之“何”意同。

巍巍：高耸的样子。

羊肠坂（bǎn）：地名，在壶关（今山西长治市东南）东南，以坂道盘旋弯曲如羊肠而得名。坂：斜坡。诘屈：曲折盘旋。

摧：毁坏、折断。

罴（pí）：熊的一种，又叫马熊或人熊。

溪谷：山中低洼有水处。山中居民往往聚居溪谷，此处说“少人民”，言山中人烟稀少。

霏霏：雪下得很盛的样子。

延颈：伸长脖子（远眺）。

怫（fú）郁：愁闷不安。

东归：指归故乡谯郡。作者谯（今安徽亳州）人，在太行之东，故云“一东归”。

绝：断。

中路：中途。

薄暮：黄昏。

担囊：挑着行李。行取薪：边走边拾柴。

斧冰：以斧凿冰取水。糜（mí）：稀粥。

《东山》：《诗经》篇名。据毛序，本篇为周公东征，战士离乡三年，在归途中思念家乡而作。

悠悠：忧思绵长的样子。

简析

这首诗其实是《相和歌·清调曲》歌词，是曹操在讨伐袁绍之甥高干时所作。前四句就交代了征伐途中经过太行山，山脉高耸入云，羊肠坂道更是崎岖无比，战车的车轮都快要被颠簸得断掉了。紧接着又展开详细描绘，北风呼啸，树木萧瑟，路旁还不时有熊罴和虎豹出没。前方大雪纷飞的溪谷里，更是连人烟都看不见。恶劣的行军环境可见一斑。

抬头仰望前路，作者也不禁连连叹息思绪万千，真想不如就此东归回到故乡。溪谷水深桥梁断绝，大军迷失了方向徘徊不前，晚上还不知道要在哪里落脚休息。军队已经走了太久，早已人疲马乏，却还得边拿着行囊边收集薪柴，以凿冰煮饭充饥。这时候想起那首《东山》诗，就更悲从中来了。

这首诗格调古直悲凉。诗人采用白描手法，通过对行军途中崎岖复杂的坂道、风雪交加的天气、食宿无着的困境的如实描写，抒发了自己对于军旅生活的厌弃和对家乡的深切思念，诗人用真实的笔触毫不遮掩地记录下了自己在此情此景下真实的心理活动，并将它呈现在读者面前。语言朴实无华，明白晓畅，使人读起来不禁为之心折。

背景

这首诗是建安十一年（206）春，曹操亲征高干途中于鞍马间作成的。建安九年（204）时，高干因慑于曹操的武力而归降，次年又趁曹操北征乌桓之际，举兵反叛盘踞壶关口。为了平定北方，彻底铲除袁绍势力，曹操带着连年征战的疲劳，翻越巍峨险峻的太行山，又率师北上作战。

曹植

曹植（192—232），字子建，沛国谯（今安徽亳州）人，出生于东阳武，是曹操第三子，生前曾为陈王，去世后谥号“思”，因此又称陈思王。他是三国时期曹魏著名文学家，建安文学的代表人物，其诗以笔力雄健和词采画眉见长，留有集30卷，已佚，今存《曹子建集》为宋人所编。其代表作有《洛神赋》《白马篇》《七哀诗》等。

上有愁思妇，悲叹有余哀

七哀诗

魏晋·曹植

明月照高楼，流光正徘徊。
上有愁思妇，悲叹有余哀。
借问叹者谁？言是宕子妻。
君行逾十年，孤妾常独栖。
君若清路尘，妾若浊水泥。
浮沉各异势，会合何时谐？
愿为西南风，长逝入君怀。
君怀良不开，贱妾当何依？

注释

七哀：该篇是闺怨诗，也可能借此“讽君”。七哀作为一种乐府新题，起于汉末。

流光：洒下的月光。

余哀：不尽的忧伤。

宕（dàng）子：荡子。指离乡外游、久而不归之人。

逾：超过。

独栖（qī）：孤独一个人居住。

清：形容路上尘。浊（zhuó）：形容水中泥。“清”“浊”二者本是一物。

浮：就清了。沉：就浊了。比喻夫妇（或兄弟骨肉）本是一体，如今地位（势）不同了。

逝：往。

君怀：指宕子的心。良：很久，早已。

简析

这是一首非常典型的闺怨诗。诗人在前两句“明月照高楼，流光正徘徊”采用了托物起兴的手法，巧借明月这个意象表达相思，同时又渲染出一种清冷孤寂的氛围。一轮明月斜斜地挂在高楼之上，皎洁的月光如流水般在四周游移不定，楼上有一位满腹心事的夫人，在悲哀地长吁短叹。原来她是漂泊在外的游子的妻子，丈夫已经出外远游10余年，留下自己孤零零一个人。诗人作者用自问自答的形式回答了思妇苦难不幸的坎坷身世，同时却在暗寓自己苦闷悲痛的人生际遇，叙述与寓意之间不着痕迹，流畅自然。

“君若清路尘，妾若浊水泥。”这句用如同浊水泥般的弃妇（自比），与如清水尘般的丈夫（暗指君王）来做对比。“浮沉各异势，会合何时谐？”两者的遭遇真是如同天上地下，泥土下沉、浮尘上扬是截然不同的，两者何时才能相互会合呢。我愿化作西南风，舍弃自己的身体进入你的怀抱，但是夫君的怀抱却早已不想为我打开了，贱妾还有什么可以依靠的呢？最后两句表达出了诗人思君报国却不得的苦闷和悲痛以及对统治者的绝情寡义的控诉和悲愤，塑造出一位矢志报国却怀才不遇壮志难酬的知识分子形象。

背景

曹操逝世后，曹丕继位，对曹植充满防备。曹植满腔抱负无处施展，而手足胞兄却对他处处防范，令曹植心灰意懒。曹植自知功名无望，于是将满腔哀怨寄托在和他具备相同情感的怨妇的愁苦里，这首诗就是他这一时期的代表之作。

陶渊明

陶渊明（365—427），一名潜，字元亮，世称“靖节先生”。浔阳柴桑（今江西九江）人，出身仕宦家庭，曾做过江州祭酒、镇军参军、建威参军、彭泽令等小官。由于厌倦官场，41岁弃官归乡，过起躬耕隐居的田园生活。陶渊明诗文辞赋风格淡雅、感情真挚、语言质朴自然，是田园诗派的创始人。有《陶渊明集》存世。

渐离击悲筑，宋意唱高声

咏荆轲

魏晋·陶渊明

燕丹善养士，志在报强嬴。
招集百夫良，岁暮得荆卿。
君子死知己，提剑出燕京。
素骥鸣广陌，慷慨送我行。
雄发指危冠，猛气冲长缨。
饮饯易水上，四座列群英。
渐离击悲筑，宋意唱高声。
萧萧哀风逝，淡淡寒波生。

商音更流涕，羽奏壮士惊。
心知去不归，且有后世名。
登车何时顾，飞盖入秦庭。
凌厉越万里，逶迤过千城。
图穷事自至，豪主正怔营。
惜哉剑术疏，奇功遂不成。
其人虽已没，千载有馀情。

注释

荆轲：也称庆卿、荆卿、庆轲，战国时期著名刺客。

燕丹：燕国太子，名丹。姓与国同，是战国时燕王喜之子。

士：门客。战国时期，士有多类，有文士、策士、侠士等。

报：报复，报仇。

强嬴：强秦。嬴指秦王嬴政，即后来统一六国始称皇帝的秦始皇。

百夫良：意即许许多多武士中的杰出者。百：成数，泛指。

荆卿：荆轲。荆轲祖上是齐人，本姓庆，至卫而改姓荆。卿：犹“子”，是燕人对他的尊称。

死知己：为知己而死。

燕京：燕国的都城，在今北京地区。

素骥：白色骏马。

慷慨：情绪激昂。

雄发指危冠：怒发直指，冲起高高的帽子。雄发：怒发。冠：帽子。

缨：绳。此处指系帽子的丝带。

饮饯：饮酒送别。易水：在今河北省西部，源出易县境。

渐离：高渐离，燕国人，与荆轲友善，擅长击筑。《史记·刺客列传》："荆轲嗜酒，日与狗屠及高渐离饮于燕市，酒酣以往，高渐离击筑，荆轲和而歌于市中，相乐也，已而相位，旁若无人者。"这里是指送别时击筑。筑（zhù）：古击弦乐器，形似筝。

宋意：当为燕太子丹所养之士。《淮南子·泰族训》："荆轲西刺秦王，高渐离、宋意为击筑而歌于易水之上，闻者莫不瞋目裂眦，发植穿冠。"

萧萧：风声。淡淡：水波摇动的样子。《战国策·燕策三》载荆柯临行时歌曰："风萧萧兮易水寒，壮士一去兮不复还。"陶诗此二句即从《易水歌》第一句变化而来。

商音：古代乐调分为宫、商、角、徵（zhǐ）、羽五个音阶，商音调凄凉。

羽奏：演奏羽调。羽调悲壮激越。《战国策·燕策三》："至易水上，既祖（饯送），取道。高渐离击筑，荆轲和而歌，为变徵之声，士皆垂泪涕泣。复为羽声慷慨，士皆瞋目，发尽上指冠。"

图穷：地图展开至尽头。《史记·刺客列传》："荆轲取图奏之，秦王发图，图穷而匕首见。"事自至：行刺之事自然发生。

豪主：豪强的君主，指秦王。怔营：惊恐、惊慌失措的样子。

剑术疏：剑术不精。《史记·刺客列传》载：秦王以佩剑断荆轲左股，荆轲坐地"引其匕首以擿秦王，不中，中铜柱"。结果荆轲被杀，行刺失败。《史记·刺客列传》："鲁勾践已闻荆轲之刺秦王，私曰：‘嗟乎，惜哉其不讲于刺剑之术也！’”

奇功：指刺秦王之功。遂：竟。

其人：指荆轲。没：死。

馀情：不尽的豪情。

简析

这是陶渊明的一首咏史诗，主要歌颂了勇士荆轲刺秦王的事迹。前四句主要是为了荆轲的出场做铺垫，燕国太子丹非常善于收罗豪杰壮士来为其效力，志向就是为了向强大的秦国嬴氏报仇雪恨。他曾经招募了上百位杰出人才，最后才选定了荆卿这个人。

中间部分，诗人花大功夫描写了荆轲刺秦前易水送别的动人场面。君子愿意为了知遇之恩而献出生命，荆轲也提着剑离开燕京出使秦国，白马在路上嘶鸣，众人都意气激昂地来送行。怒发都好似要顶翻帽子，勇猛之气将要冲断帽缨，在易水河边上设宴饮酒，在座的都是一时豪杰英雄。高渐离击筑宋意唱歌，哀风阵阵，淡淡寒波，乐曲中的商音让人忍不住流泪，羽调让人心惊动容。大家都知道这一去就不会再归来了，但是名声将会传扬后世。暗示了荆轲刺秦失利的悲剧。

最后部分，诗人描写了荆轲头也不回地登上马车奔向秦国，他快速走完了万里之遥的路程，并经过了成百上千座城池。当地图完全展开的一刹那，匕首露出来，刺杀的事情也就暴露了，秦王被吓得缓不过神来，可惜荆轲的剑术不精，以至于大功未成。荆轲这个人虽然已经死去了，但是历经千年，人们都会怀念他。表现了诗人对于荆轲义无反顾慷慨赴死气概的由衷钦佩之情。

背景

这首诗同《咏三良》《咏二疏》是陶渊明三首著名的咏史诗，三篇体制大体相当，当为同一个时期的作品。但具体创作时间有两种说法：一说作于南朝宋武帝永初二年（421）之后不久，约在永初三年（422），陶渊明58岁；一说约在东晋安帝义熙十年（414），当时陶渊明50岁，与《杂诗十二首》写作时间相近。关于荆轲之事，《战国策·燕策》与《史记·刺客列传》都有记载，其基本情节是相似的。

名家点评

〔南宋〕朱熹：陶渊明诗，人皆说是平淡，据某看他自豪放，但豪放得来不觉耳。其露出本相者，是《咏荆轲》一篇，平淡底人，如何说得这样言语出来？（《朱子语类》）

〔清〕张玉谷：既惜之，复慕之，结得抟挠有力，遂使通首皆振得起。（《古诗赏析》）

〔清〕龚自珍：陶潜诗喜说荆轲，想见停云发浩歌。吟到恩仇心事涌，江湖侠骨恐无多。（《己亥杂诗》）

吴均

吴均（469—521），字叔庠，南朝梁文学家、史学家，吴兴故鄣（今浙江安吉）人。出身贫寒，性格耿直，好学有俊才，梁天监二年（503），吴兴太守柳恽召为主簿，后因政绩累升至奉朝请。他通史学，著《庙记》10卷、《十二州记》16卷、《钱唐先贤传》5卷等。为文清拔，工于写景，诗亦清新，多为反映社会现实之作，为时人仿效，号称“吴均体”。代表作有《与朱元思书》《清溪神庙》《阳羡鹅笼》等。

一见终无缘，怀悲空满目

答柳恽

南北朝・吴均

清晨发陇西，日暮飞狐谷。
秋月照层岭，寒风扫高木。
雾露夜侵衣，关山晓催轴。
君去欲何之？参差间原陆。
一见终无缘，怀悲空满目。

注释

柳恽：字文畅，河东解（今山西省西南部）人，工诗，善尺牍。

陇西：郡名，在今甘肃省境内。

飞狐谷：关名，在今河北涞源县。

层岭：重重山岭。

扫：扫落树叶。高木：高大的树木。

催轴：催促行车。轴：车轴，这里指车轮的转动。

之：到，往。

间：间隔。原陆：原野大地。

缘：机会，缘分。

空：空自，徒然。

简析

这首诗是作者与朋友之间的赠答之作。前两句“清晨发陇西，日暮飞狐谷”，诗人采用了虚实结合的表现手法。虽然实写了陇西与飞狐谷两个地名，但是两地间朝发夕至，却是想象出来的，用来形容路程的遥远和行路的紧张。清晨的时候，从陇西这个地方出发，到日暮时分就到达了飞狐谷。紧接着诗人又想象途中的景色和艰难险阻，渲染了秋天萧瑟凄凉的氛围，暗示旅途的艰险与辽远。秋天的月亮光芒照耀在重峦叠嶂的山岭上，呼啸的寒风扫净了树上的黄叶，雾气深重露水成珠，夜里的阵阵寒意透过衣服意欲侵入体内，使人读起来身临其境。

下半部分“君去欲何之？参差间原陆”，诗人从描写行旅过渡到了抒怀，最后再写送友，极为自然，不着痕迹。关山在晨曦中露出了本来模样，仿佛在催促着行人继续前进。你这次要到什么地方落脚呢？远方的高原和平地参差错落，路途还十分遥远。再次相见就不知道要到什么时候了，一想到这里，我就悲伤满怀，忍不住要落下泪来。诗人非常善于描摹自然景物，情景交融，为表达诗人因朋友离别而产生的无限悲伤的心情奠定了基础。本诗语言明白晓畅，动词运用得十分巧妙传神，表现力也十分的丰富。

背景

这首作品是吴均赠予好友柳恽的。当时柳恽任吴兴太守，离职时曾写有《赠吴均三首》赠给吴均，吴均作此诗予以回赠。

卢照邻

卢照邻（约636—约680），汉族，幽州范阳（治今河北涿州）人，字升之，自号幽忧子，初唐诗人。他出身望族，曾为王府典签，又出任益州新都（今四川成都附近）尉。文学方面，他与王勃、杨炯、骆宾王以文词齐名，号为“初唐四杰”。现有7卷本的《卢升之集》、明张燮辑注的《幽忧子集》存世。

他乡共酌金花酒，万里同悲鸿雁天

九月九日玄武山旅眺

唐·卢照邻

九月九日眺山川，归心归望积风烟。
他乡共酌金花酒，万里同悲鸿雁天。

注释

九月九日：即重阳节。玄武山：蜀地山名。

积风烟：极言山川阻隔，风烟弥漫。

金花酒：菊花酒。菊花色黄，称黄花，又称金花。重阳节饮菊花酒，是传统习俗。

鸿雁天：鸿雁飞翔的天空。

简析

这是一首羁旅诗，旨在抒发对于家乡亲人的深切怀念。首句“九月九日眺山川，归心归望积风烟”就点明题旨，在九月九日重阳节这天登高眺望远处的山川，想要归乡的心思就像是山里的风烟一样盘旋缠绕，挥之不去。重阳节是亲人团聚的节日，诗人却不得不客居异地，内心的孤独与凄凉可想而知，在这种境遇下，对于家乡亲人的思念就更加刻骨铭心。诗人在这里借景抒情，用登山远眺来暗指思念之情，尤其是一个“积”字，用得恰到好处，点出了归心归望的程度之深，其中蕴含的情感的浓度和烈度可见一斑。

最后两句“他乡共酌金花酒，万里同悲鸿雁天”，诗人写到在他乡和大家一起共饮这菊花酒，看着天空上鸿雁南来，自己与远在万里之遥的家人有着同样的悲伤。借酒浇愁令人倍觉凄凉，饮酒属于叙事，然而叙事之中又寄寓了诗人的思乡之情。诗人通过设想一幅与家人共同看鸿雁南来的画面，从侧面落笔表达了自己的思乡之情，读起来格外的凄惨动人。全诗词句精奇，笔法灵动，不仅观察细致，体验也十分的独特。

背景

总章二年（669）卢照邻到益州新都任职，时任沛王府修撰的王勃，因写《斗鸡檄》触怒高宗，被赶出沛王府，于是年六月远游到了西蜀。秋冬之间，卢照邻从益州来到梓州。九月九日重阳节，在蜀地任官的邵大震与王勃、卢照邻三人同游玄武山，互相酬唱，这首诗即为卢照邻当时所作。

王勃

王勃（约650—676），字子安，绛州龙门（今山西河津）人。初唐四杰之一。14岁中举。乾封元年（666）在沛王李贤处任侍读，两年后因事被逐，游历于巴蜀之地。咸亨三年（672）任虢州参军，因擅杀官奴触犯刑律，从轻发落被革职。其父受牵连，被黜至边疆，王勃至交州探父，因溺水受惊而死。

其诗多写个人生活，亦有抒发政治感慨，风格清新。原有文集，已散佚，明人辑有《王子安集》。

悲凉千里道，凄断百年身

别薛华

唐 · 王勃

送送多穷路，遑遑独问津。
悲凉千里道，凄断百年身。
心事同漂泊，生涯共苦辛。
无论去与住，俱是梦中人。

注释

薛华：即薛曜，字曜华，父薛元超，祖父薛收。薛收是王勃祖父王通的弟子。薛王为累世通家。薛华以诗文知名当世，是王勃最亲密的朋友。

穷路：即穷途末路之意，喻世途艰难。

遑遑（huáng）：惊恐不安貌，匆忙貌。问津：问路。津：渡口。

千里道：极言道路长远，非指实里数。

凄断：悲痛欲绝。百年：极言时间之长，亦指人的一生。

心事：心中所思虑或期望的事情。漂泊：随水漂流或停泊，比喻行止无定所。

生涯：人生的极限。

去与住：即去者与住者，指要走的薛华与留下的自己。

梦中人：睡梦中的人，意即梦中相见，或前途未卜。

简析

这首诗首联“送送多穷路，遑遑独问津”，诗人向我们介绍了送友人送了一程又一程，没想到还是有很遥远的路程要走，慌慌张张的只有自己一个人去找路。在这里一个“穷”字，一个“独”字，用得非常的到位和传神，渲染了一种悲苦的心情。颔联“悲凉千里道，凄断百年身”，在这长达几千里的行途中，心里感到十分的悲凉失意，凄凉孤寂似乎要摧残这不过百年人生的身体。在这里诗人结合自身的仕途经历有感而发，更是让人感同身受。

紧接着“心事同漂泊，生涯共苦辛”，我跟你的心情同样都是漂泊不定，咱俩的人生都是同样的凄惨不幸。既是对朋友的关怀，其实也是对自己的一种安慰。尾联“无论去与住，俱是梦中人”，从今以后，无论是离开还是留下，咱们都是彼此的梦中人呀。表达了诗人与朋友之间深厚的友谊。这首诗没有像其他的五言律诗那样借助景物或者烘托气氛来抒发感情，而是通过叙事来直抒胸臆。语言优美洗练，明白晓畅。创造出了生动鲜明的意境，表达了诗人与朋友之间真挚的友情。

背景

这是咸亨元年（670）诗人写给同乡好友薛华的一首五言律诗。这首诗通过送别朋友，抒写了诗人不满现实、感叹人生凄凉悲苦的情绪。

名家点评

〔明〕顾璘：通篇无月露之态，风格自完。说者言唐诗唯工于景，岂知大雅者也。(《批点唐音》卷一)

〔明〕陆时雍：率衷披写，绝不作诗思。末语解愁，愁情转甚，须如此等下语，意味深厚，后人便道出个中矣。(《唐诗镜》卷一)

长江悲已滞，万里念将归

山中

唐·王勃

长江悲已滞，万里念将归。
况属高风晚，山山黄叶飞。

注释

滞：留滞。

念将归：有归乡之愿，但不能成行。

况属：何况是。

高风：秋风，指高风送秋的季节。

简析

这首诗是王勃被贬斥后在巴蜀做客时所作。前两句“长江悲已滞，万里念将归”向我们描绘了一幅长江水滔滔不绝，向着东方滚滚流去的景象，这句诗中长江悲伤滞留的形象，也真切地表达了诗人的直觉感受。悲愁的长江与悲愁的诗人相互感发、契合、共鸣，强烈地感染了读者的情绪。诗一开篇，境界便很悲凉浑壮。紧接着说明诗人已经在外边滞留了太长的时间了，这让诗人心中感到十分的悲伤。想到远在万里之外的家乡，诗人心中的思念一刻也不能断绝。这一句直接抒情，点明自己身在他乡，想到盼望已久的万里归程而深深感叹。

紧接着，诗人紧紧抓住眼前的环境和景色，更何况现在已经是高风送秋的季节，山中已经飘零着片片黄叶。这两句单纯是写景，但其实是通过写景，表达自己内心因思乡而凄楚的心情。正因为诗人长期漂泊在外，所以内心因为思念家乡而分外悲凉。诗人又看到了秋天万物衰落的秋景，这就更增添了他思乡的愁绪。此二句没有一个直接表现感情的字眼，但渗透了诗人浓厚的感情。

背景

这首抒写旅愁归思的诗，大概作于王勃被废斥后在巴蜀做客期间，是王勃旅蜀后期的作品。669年，王勃入蜀，在《入蜀纪行诗序》里他写道："五月癸卯，余自长安观景物于蜀，遂出褒斜之隘道，抵岷峨之绝径。"

刘希夷

刘希夷（约651—约680），汉族，汝州（今河南汝州）人。一名庭芝，字延之（一作庭芝），高宗上元二年（675）进士，少有文华，落魄不拘常格，后为人所害，死时年未三十。他善弹琵琶，其诗以歌行见长，多写闺情，辞意柔婉华丽，且多感伤情调。原有集，已失传。《大唐新语》卷8谓“后孙翌撰《正声集》，以希夷为集中之最”。《全唐诗》存诗1卷，《全唐诗外编》《全唐诗续拾》补诗7首。

但看古来歌舞地，唯有黄昏鸟雀悲

代悲白头翁

唐·刘希夷

洛阳城东桃李花，飞来飞去落谁家？
洛阳女儿惜颜色，坐见落花长叹息。
今年花落颜色改，明年花开复谁在？
已见松柏摧为薪，更闻桑田变成海。
古人无复洛城东，今人还对落花风。
年年岁岁花相似，岁岁年年人不同。

寄言全盛红颜子，应怜半死白头翁。
此翁白头真可怜，伊昔红颜美少年。
公子王孙芳树下，清歌妙舞落花前。
光禄池台文锦绣，将军楼阁画神仙。
一朝卧病无相识，三春行乐在谁边？
宛转蛾眉能几时？须臾鹤发乱如丝。
但看古来歌舞地，唯有黄昏鸟雀悲。

注释

代：拟。白头翁：白发老人。

坐见：一作“行逢”。

松柏摧为薪：松柏被砍伐做柴薪。《古诗十九首》：“古墓犁为田，松柏摧为薪。”

桑田变成海：《神仙传》：“麻姑谓王方平曰：‘接待以来，已见东海三为桑田。’”

“公子”两句：白头翁年轻时曾和公子王孙在树下花前共赏清歌妙舞。

光禄：光禄勋。用东汉马援之子马防的典故。《后汉书·马援传》（附马防传）载：马防在汉章帝时拜光禄勋，生活很奢侈。文锦绣：指以锦绣装饰池台中物。文：又作“开”或“丈”，皆误。

将军：指东汉贵戚梁冀，他曾为大将军。《后汉书·梁冀传》载：梁冀大兴土木，建造府宅。

宛转蛾眉：本为年轻女子的面部化妆，代指青春年华。

须臾：一会儿。鹤发：白发。

简析

这是一首拟古乐府诗。诗的前半写洛阳城东的地方随风飘零着很多桃花和李花，飞来飞去不知道飘入谁家。洛阳的女子有着美丽的容颜，坐在庭前看桃花李花而长声叹息。今年我在这里看着花落凋零颜色衰改，不知道明年是否还能看到这种盛况？已经看见了松树柏树被摧残砍成了薪柴，更是听说昔日桑田已经变成了大海。故人已经看不到洛阳城东这种景象了，但是今人还在对着落花叹息。年年岁岁花还是那样子，但是岁岁年年人已经不同了。劝告那些正年少的红颜美少年，应该怜惜这位白头翁。

后半写白头老翁遭遇沦落，抒发世事变迁、富贵无常的感慨。虽然如今他已经是白发苍苍，但是他曾经也青春年少过呀！他年少时也和公子王孙一起在树下玩乐，欣赏歌舞于落花之前。如同光禄勋那样以锦绣装饰池台，又如同贵戚那样在楼阁中涂抹神仙。但是白头翁一朝生病，便无人再搭理了，往昔的行乐歌舞也就没有了。同样的，美人的容颜又能保持多久呢？须臾之间也就容颜老去了。只见那古往今来的游乐之地，如今只有傍晚的鸟雀在空自悲鸣。

名家点评

〔明〕李攀龙：《代悲白头翁》本非其佳处，而俗人专取之。五、六尤卑。(《唐诗直解》)

〔清〕王夫之：唯“长叹息”三字顺出一篇。幻生一白头翁闯入不觉，局阵岂浅人所测邪？一直中露本色风光，即此是七言渊系。后来排撰虚实，横立情景，如游子以他乡为丘壑，忘其本矣。(《唐诗评选》)

〔清〕毛先舒：一意纡回，波折入妙，佳在更从老说至少

年虚写一段。(《诗辩坻》)

〔清〕宋宗元："伊昔"老翁，即少年前车，追叙冶游，可悲处正在此。(《网师园唐诗笺》)

陈子昂

陈子昂（659—702），字伯玉，梓州射洪（今四川省遂宁市射洪县）人，唐代诗人，初唐诗文革新人物之一。因曾任右拾遗，后世称陈拾遗。其诗风骨峥嵘，寓意深远，苍劲有力。其中最有代表性的诗作有组诗《感遇》38首、《蓟丘览古赠卢居士藏用》7首和《登幽州台歌》等。

犹悲堕泪碣，尚想卧龙图

岘山怀古

唐·陈子昂

秣马临荒甸，登高览旧都。
犹悲堕泪碣，尚想卧龙图。
城邑遥分楚，山川半入吴。
丘陵徒自出，贤圣几凋枯！
野树苍烟断，津楼晚气孤。
谁知万里客，怀古正踌躇。

注释

岘山：又名岘首山，位于湖北襄阳城南九里，以山川形胜和名人古迹著称。

秣马：喂马，放马。临：临近。这里是来到之意。荒甸：郊远。

旧都：指古襄阳城。岘山属襄阳治，名城襄阳当汉水之曲，与樊城隔水相望，自古以来就是兵家必争之地。距襄阳县西二十里，为隆中，即卧龙先生草庐对策之地。襄阳故城，即其县治。

堕泪碣：岘山上的羊祜碑（碑为方形，碣为圆形，这里即指碑）。

卧龙图：指诸葛亮的谋略，应专指《隆中对》。

“城邑”句：战国时襄阳为秦、楚交界之处，故云“城邑遥分楚”。

“山川”句：襄阳在汉水之滨，汉水入长江，长汉经楚入吴，以上两句写在岘山所见辽阔境界。

“丘陵”二句：丘陵空自高出平原；而圣贤有多少已经谢世，而无继起者。慨叹自然的变化和人事的更替。

“野树”二句：远处荒野林木，被苍茫的雾气遮断了；渡口的楼台在傍晚的烟霭中孤零零地耸立着。

万里客：离家远行的游子，指诗人自己。

踌躇：忧愁徘徊的样子。

简析

这首诗是陈子昂登临岘山，不觉发思古之幽情才写下来的。开头二句说喂饱我的马儿，来到了城外的郊野。登到高处眺望着旧时的都城。以下接诸葛功业回顾三国时代，看到眼前的这种景象，尤其看到堕泪碑而感到深深的悲伤，又想起当年诸葛孔明的宏伟图谋。襄阳城从这个地方远分为楚国，山川一半并入吴国进入江东。表达了诗人于岘山之上，思绪万千，见汉水曲流岘山之东，而想到滔滔东去的景象。丘陵在平原上突然显现出来，圣贤几乎都凋零灭绝了。面对400多年前的历史遗迹，诗人不禁发出慨叹。

紧接着“野树苍烟断，津楼晚气孤。谁知万里客，怀古正踌躕”，田野里的树木断于苍茫的烟雾处，渡口的亭楼在夜色中巍然孤耸。陈子昂借此慨叹郁郁葱葱之气已经中断消失了。“苍烟断”“晚气孤”，诗人借景抒怀，表达他对时政的忧心焦虑。又有谁能知道我这个万里行客，正在这里惆怅徘徊呢？诗人来自蜀山之中，所以自称“万里客”；“谁知”，表现了诗人孤寂落寞的心境；“踌躕”，指惆怅而徘徊。

背景

这首诗当作于唐高宗调露元年（679）陈子昂出蜀入京途中。当时诗人登临岘山，不觉发思古之幽情，写下这首怀古诗。

李白

李白（701—762），字太白，号青莲居士，祖籍陇西成纪（今甘肃天水），是唐代最伟大的诗人之一，被后人誉为“诗仙”。李白生活在盛唐时期，他性格豪迈，游踪遍及南北各地，写出大量赞美名山大川的壮丽诗篇。

李白的诗作，以乐府、歌行及绝句成就为最高。其歌行，完全打破诗歌创作的一切固有格式，空无依傍，笔法多端，达到了变幻莫测、摇曳多姿的神奇境界；其绝句自然明快，能以简洁明快的语言表达出无尽的情思。其诗风，既豪迈奔放，又清新飘逸，而且想象丰富，意境奇妙。

含悲想旧国，泣下谁能挥

秋夕旅怀

唐 · 李白

凉风度秋海，吹我乡思飞。
连山去无际，流水何时归。
目极浮云色，心断明月晖。
芳草歇柔艳，白露催寒衣。

梦长银汉落，觉罢天星稀。
含悲想旧国，泣下谁能挥。

注释

无际：没有边界。

浮云：指飘浮在天空中的云彩。

明月：指夜空明亮的月亮。

寒衣：指冬天的衣服，御寒的衣服，如棉衣、棉裤等。

银汉：即天河，银河。

天星：天上的星星。

旧国：指代故乡。

简析

李白的这首诗是《静夜思》的续篇。前两句“凉风度秋海，吹我乡思飞”，呼啸的秋风度过秋海，吹起了我的思念故乡之情。这一句中的“吹”字用得极好，漫天的秋风不仅仅是吹过海面，同样还吹起了诗人的思乡之情。“连山去无际，流水何时归”，归乡的途中群山连绵不绝十分遥远，逝去的流水啊，什么时候才能归来呀。诗人在这里描绘了连山和流水两个意象，把自己的愁绪具体化。“目极浮云色，心断明月晖”，极目远眺，看到浮云灰暗的颜色，明月发出的寒晖让人心断。借明月烘托出诗人内心的极度愁苦。“芳草歇柔艳，白露催寒衣”，地上的芳草收起了娇艳的模样，寒冷的霜露催促着行人赶快换上冬衣御寒。通过对秋天萧瑟景象的描写抒发出羁旅情怀。

最后几句“梦长银汉落，觉罢天星稀。含悲想旧国，泣下谁能挥”，夜里常常梦到天上的银河落到地上，醒来后才发觉星星都已经渐渐消失了。心里满是悲伤，不禁又想起了自己的故乡，涕泪涟涟又有谁能够挥去呢？表达了诗人内心的愁苦和深切的思乡之情。

背景

李白于唐玄宗开元十四年（726）九月十五日的扬州旅舍创作《静夜思》，时年26岁。《秋夕旅怀》当为《静夜思》的续篇，亦为同时同地所作。

名家点评

〔元〕萧士赟：此诗太白作于窜逐之后乎！身在遐荒，心在旧国，词意悲婉，哀哉。(《分类补注李太白集》卷二十四）

寒蝉聒梧桐，日夕长鸣悲

代秋情

唐·李白

几日相别离，门前生穞葵。
寒蝉聒梧桐，日夕长鸣悲。
白露湿萤火，清霜凌兔丝。
空掩紫罗袂，长啼无尽时。

注释

穞：野生的稻谷。葵：冬苋菜，《广雅》：葵，菜也，尝倾叶向日，不令照其根。

寒蝉：蔡邕《月令章句》：寒蝉应阴而鸣，鸣则天凉，故谓之寒蝉也。聒：聒噪、吵闹。

兔丝：蔓草也，多生荒野古道中，蔓延草木之上，有茎而无叶，细者如线，粗者如绳，黄色，子入地而生。初生有根，及缠物而上，其根自断，盖假气而生，亦一异也。

罗袂：丝罗的衣袖。亦指华丽的衣着。

简析

这首诗是作者通过拟代独处的思妇口吻来描写秋日思情。首句“几日相别离，门前生穞葵”，只不过才分离了仅仅几日，没想到门前就已经长满了野稻与冬苋菜。离别时间虽然只有短短几日，但是在主人公看来如隔三秋。表达出了主人公度日如年不堪忍受这刻骨的相思之苦。

第二句“寒蝉聒梧桐，日夕长鸣悲”，秋天的鸣蝉在梧桐树上不停地鸣叫吵闹着，从早上叫到傍晚，声音非常的凄惨悲凉。紧接着又写道“白露湿萤火，清霜凌兔丝”，秋天深重的露水都要把萤火打湿了，严霜都要把菟丝草弄枯萎了。诗人通过寒蝉、白露、清霜等意象的刻画，渲染了主人公内心的愁苦与寂寞。刻画景物情景交融，描写细腻生动，使读者感同身受。

最后一句“空掩紫罗袂，长啼无尽时”，只能空把紫色绣裳掩严实了，长远的哭泣没有停下的时候。在这里刚好与第二句的“日夕长鸣悲”相呼应，而且哭泣的时间还要更加长久，简直到了无有尽时的地步。把那种离别之后极度的痛苦和悲伤描写得淋漓尽致。

王维

王维（约701—约761），字摩诘，号摩诘居士，世称“王右丞”，河东蒲州（今山西永济）人，是唐代著名的山水派诗人和画家。王维参禅悟理，学庄信道，精通诗、书、画、音乐等，以诗名盛于开元、天宝间，尤长五言，多咏山水田园，与孟浩然合称“王孟”，并有“诗佛”之称。其诗清新淡远、自然脱俗，苏轼评曰：“味摩诘之诗，诗中有画；观摩诘之画，画中有诗。”

笳悲马嘶乱，争渡黄河水

从军行

唐 · 王维

吹角动行人，喧喧行人起。
笳悲马嘶乱，争渡黄河水。
日暮沙漠陲，战声烟尘里。
尽系名王颈，归来报天子。

注释

从军行：乐府古题，属相和歌辞平调曲，内容多写军旅生活之辛苦。

吹角：军中吹响的号角声。动：惊动。行人：征人。

喧喧：喧闹，形容人多、嘈杂。

笳（jiā）：胡笳，一种管状吹奏乐器。古时为塞北、西域一带少数民族所喜用。

黄河：水名，在唐肃州（今甘肃酒泉）附近。黄河一作金河。

陲（chuí）：边陲，边地。

系：捆绑。名王：指匈奴首领。

简析

这是王维的一首边塞诗。首句“吹角动行人，喧喧行人起”，军中吹起的阵阵号角声，惊醒了正在熟睡的士兵，大家都紧张地收拾起行装准备出征。诗人从行军开始写起，描写了战士们清晨起床后紧张忙碌的战前场面。第二句“笳悲马嘶乱，争渡黄河水”，这时候敌人吹起了悲凉的胡笳，大战将至，马匹都兴奋地嘶鸣起来，敌我双方都争分夺秒要渡过黄河。诗人通过对战前各种声音的详细描写，从侧面渲染了大战前的紧张氛围，表达了各位将士迫不及待想要上战场与敌人决一死战的勇猛气概。

紧接着诗人又具体描写了这次战斗的过程。第三句“日暮沙漠陲，战声烟尘里”，昏黄的太阳即将落到沙漠的边陲，四周的烟尘中弥漫着战士们的厮杀声。第四句“尽系名王颈，归来报天子”，勇猛的战士拼死作战，一举剿灭了敌军抓住了敌酋，把绳子套在他们的脖子上带回来献给天子。

这首诗一方面通过景物描写表现了征战的辛苦，另一方面又表现了将士们一往无前、斗志昂扬的爱国情怀。

背景

这首诗大约作于开元九年（721）王维谪济州司仓参军以后。王维早年热衷政治，在谪济州司仓参军以后亲眼看到一次普通的规模不大的出征，以及出征将士艰苦卓绝的战斗生活和杀敌立功的豪情壮志，感同身受，写下了这首诗。

草间蛩响临秋急，山里蝉声薄暮悲

早秋山中作

唐·王维

无才不敢累明时，思向东溪守故篱。
岂厌尚平婚嫁早，却嫌陶令去官迟。
草间蛩响临秋急，山里蝉声薄暮悲。
寂寞柴门人不到，空林独与白云期。

注释

薄暮：傍晚，太阳快落山的时候。《楚辞·天问》："薄暮雷电，归何忧？厥严不奉，帝何求？"

蛩（qióng）响：犹蛩声。唐王棨《离人怨长夜赋》："远林而未有鸟啼，偏嫌耿耿；幽壁而徒闻蛩响，顿觉漫漫。"蛩：蟋蟀。

柴门：用柴木做的门。言其简陋。三国魏曹植《梁甫行》："柴门何萧条，狐兔翔我宇。"

空林：杳无人迹的树林。晋张协《杂诗》之六："咆虎响穷山，鸣鹤聒空林。”期：约，约定。

简析

这首诗疑作于王维40多岁的时候，此时诗人过着半官半隐的生活。首句“无才不敢累明时，思向东溪守故篱”，只因为自己没有才能所以不敢辜负了这政治清明的时代，只想回到东溪这个地方守着自己的竹篱故居。表达了作者对自己不被知遇的抱怨。“无才不敢累明时”，是谦词反语，埋怨自己满腹才华，却不被知遇重用。第二句“岂厌尚平婚嫁早，却嫌陶令去官迟”，不敢厌弃尚平尽早了却了儿女婚嫁的事情，却嫌弃陶渊明辞官归隐年岁已迟。诗歌通过“故篱”“蝉声”“柴门”“空林”“白云”等意象，交代了诗人生活的山林田园环境。颔联两个典故，表明诗人与尚子平、陶渊明一样意欲归隐山林的思想。

第三句“草间蛩响临秋急，山里蝉声薄暮悲”，每到秋天，草堂边的蟋蟀叫得那样急迫，到黄昏的时候深山里蝉鸣却徒增悲意。从听觉的角度来描写临秋的蟋蟀响急、薄暮的寒蝉声悲，照应题目，写出了早秋山中的安静空寂，给人一种萧索落寞的感受。

最后一句“寂寞柴门人不到，空林独与白云期”，柴门前寂寞冷清，根本没有什么人来，空荡荡的林子里只有我和白云相依为伴。全诗运用多种艺术手法描写景物和传情达意，如反语、用典、以动衬静、渲染、比喻等，表达了作者对于仕途世事的厌倦和对隐逸生活的向往，以及理想落空、独守山林生活的些许落寞。

背景

此首诗疑作于王维在辋川时期，时间约为天宝（唐玄宗年号，742—756）初年，此时作者40多岁，年龄与陶渊明辞官时（41岁）接近。当时朝政日坏，王维郁郁失志，所以向往隐逸生活。

杜甫

杜甫（712—770），字子美，自号少陵野老。原籍襄阳（今湖北襄樊），生于巩县（今河南巩义）。早年曾游历吴越、齐赵等地，其间举进士不第。后寓居长安10年。安史之乱后，杜甫投奔唐肃宗，官左拾遗。因因得罪权贵，被贬为华州司功参军，后弃官西行入蜀，定居成都浣花草堂，晚年举家出蜀，漂泊于鄂湘，卒于贫病。

杜甫与李白齐名，世称“李杜”。其诗歌以古体、律诗见长，风格多变，诗作展现了唐代由盛转衰的历史过程，被称为“诗史”。有《杜工部集》存世。

悲丝与急管，感激异天真

促织

唐·杜甫

促织甚微细，哀音何动人。
草根吟不稳，床下夜相亲。
久客得无泪，故妻难及晨。
悲丝与急管，感激异天真。

注释

促织：又叫蟋蟀，今甘肃天水一带俗称“黑羊”。

哀音：哀婉的声音。

稳：安。

亲：近。

得：能够。

放妻：被遗弃的妇女或寡妇。

丝：弦乐器。管：管乐器。

简析

诗人写这首诗的缘由是客居他乡，本来心情就十分低落痛苦，被促织声一激不禁更加难过。首句“促织甚微细，哀音何动人”，蟋蟀的叫声总是那么细微，哀婉的声音是多么的动人呀！起句从正面点明促织，以“促织甚细微”与下文中的“哀音何动人”构成对比，从侧面衬托了哀音的不同寻常。

第二句“草根吟不稳，床下夜相亲”，它在寒冷的草根底下叫得不酣畅，于是跑到了我的床下来叫，与我之间的距离更加近了。

第三句“久客得无泪，放妻难及晨”，久在他乡的我眼泪都快要流尽了，被遗弃的妇女也在半夜里难以稳睡到天明。在这里作者采用了“互文”的修辞手法，表面上的两层意思抒写了交互着的四层意思，言简意赅，引人入胜。

第四句“悲丝与急管，感激异天真”，不管是那哀切的丝乐还是激昂的管乐，都不如这天真的声音感人。以“悲丝”“急管”同促织的啼叫相比较，而以促织叫声“天真”、不受礼俗影响作结，把促织的哀音放在任何乐器的演奏无法达到的效果之上，把“哀音何动人”写到了极点，表达出诗人因思乡而产生的愁苦凄凉之情。

背景

乾元二年（759）秋天，杜甫在秦州，远离家乡，夜间听闻蟋蟀哀婉的叫声从而感秋，因此牵动了思乡之情，表达了其远离家乡的羁旅愁怀。

又如参与商，惨惨中肠悲

送高三十五书记十五韵

唐·杜甫

崆峒小麦熟，且愿休王师。
请公问主将，焉用穷荒为？
饥鹰未饱肉，侧翅随人飞。
高生跨鞍马，有似幽并儿。
脱身簿尉中，始与捶楚辞。
借问今何官，触热向武威。
答云一书记，所愧国士知。
人实不易知，更须慎其仪！
十年出幕府，自可持旌麾。
此行既特达，足以慰所思。
男儿功名遂，亦在老大时。
常恨结欢浅，各在天一涯。

又如参与商，惨惨中肠悲。
惊风吹鸿鹄，不得相追随，
黄尘翳沙漠，念子何当归。
边城有馀力，早寄从军诗！

注释

高三十五：即诗人高适。唐人以称呼排行表示尊敬和亲切。时高适为河西节度使哥舒翰掌书记。

崆峒：山名，在临洮，隶属河西。

饥鹰：比喻高适。《唐书·高适传》：“适少濩落，不事生业，家贫，客于梁宋，以求丐取给。”

幽：河北之地，并：山西之地，这里俗善骑射，多健儿。

触热：冒着炙热。武威：郡名。

特达：特出，这里有前途远大的意思。这两句是宽慰。高适这一年已是五十五六岁了。

浅：短浅。刚刚相聚就分开了，因此说结欢浅。

参与商：因为这两颗星宿一出一没永不相见，是说分手后难得见面。

翳：蔽。

简析

这首诗前四句“崆峒小麦熟，且愿休王师。请公问主将，焉用穷荒为？”临洮这一带的小麦已经成熟了，希望朝廷可以罢兵停战。希望您可以向主将进言，不必穷兵于荒外。这几句主要写了边事，是送别高适的主旨所在。

从“饥鹰未饱肉，侧翅随人飞”往下主要写的是高适的为人。老鹰只有在没有吃饱肉的情况下，才会振翅听从人的命令。这里以老鹰比喻高适，并且赞颂了高适豪迈的气魄。“借问今何官，触热向武威。”这句以下设为问答。从中可以看到高适和哥舒翰之间的友情。

紧接着“人实不易知，更须慎其仪！”到“男儿功名遂，亦在老大时”几句主要写了诗人对高适说的话。其中既有对于好友高适的鼓励和宽慰，又有对于他的劝诫。

最后几句“常恨结欢浅，各在天一涯”到末尾提到了我常恨与您结交欢聚的时间太短，咱们又要天各一方了。你我又像参星与商星那样难得相见，使我心中无限悲伤。急风吹送天鹅远征，我不能追随您同去河西。河西边地黄色的尘土遮蔽了沙漠，不知您何时才能回归。您在边城有多余的精力时，请早些将所写的从军诗篇寄给我。主要描写了诗人对于高适的深厚友谊和依依惜别之情。

背景

《送高三十五书记十五韵》是唐代诗人杜甫所作的五言古诗，大概写于天宝六年（747）十月。其时高适为河西节度使哥舒翰掌书记，二人相逢之后、别离之时，杜甫写此诗相赠。

岑参

岑参（约715—770），荆州江陵（现湖北江陵）人，唐代著名的边塞诗人，与高适并称“高岑”。其诗的主要思想倾向是慷慨报国的英雄气概和不畏艰难的乐观精神。艺术上气势雄伟，想象丰富，造意新奇，风格峭拔。他擅长以七言歌行描绘壮丽多姿的边塞风光，抒发豪放奔腾的感情，代表作有《白雪歌送武判官归京》等。

白发悲明镜，青春换敝裘

武威春暮闻宇文判官西使还已到晋昌

唐·岑参

岸雨过城头，黄鹂上戍楼。
塞花飘客泪，边柳挂乡愁。
白发悲明镜，青春换敝裘。
君从万里使，闻已到瓜州。

注释

武威：即凉州。

岸雨：也作片雨。

戍楼：边防驻军的瞭望楼。

客泪：离乡游子的眼泪。

敝裘：这里指破旧的皮衣。敝：破损；裘：用毛皮制成的御寒衣服。

简析

岑参一开始便介绍了时间和地点。首句“岸雨过城头，黄鹂上戍楼”，一阵雨飘过城头，黄莺也飞上了戍楼。从这漫天大雨就可以看出边塞恶劣的自然环境，而一只黄鹂却成为恶劣天气中的一抹亮色。作者通过这样的写法，传递给读者一种内心的温情。第二句“塞花飘客泪，边柳挂乡愁”，塞花飘洒游子的泪水，边柳上寄托着行人的乡愁。这个“飘”字用得非常之巧妙，把游子思乡之泪随塞外飞花漫天飘舞的情景刻画得活灵活现，突出了诗人的乡愁之浓烈。

第三句“白发悲明镜，青春换敝裘”，对着镜子空自悲叹长出来的白发，只可惜自己的青春只换来了一件破皮衣。抒发的是年华已去而功业未成的感慨。诗人内心中无疑有建功立业的雄心壮志，但是一个“敝裘”就明白地说出了自己目前困窘的境遇。第四句“君从万里使，闻已到瓜州”，这次我知道您又承担了远行万里的使命，听说现在已经到了瓜州这个地方。其中既有为好友能够顺利返回瓜州而感到由衷的高兴，也有为自己仍然滞留在边塞不能返乡而感到深深的伤感与无奈。

背景

这是岑参一首很特别的诗，宇文判官与岑参同为高仙芝的僚属，唐玄宗天宝十载（751），高仙芝改授河西节度使，他们一起回到姑臧，不久宇文判官又出使安西。出于对这位朋友的信任和怀念，岑参在姑臧听说他已回到晋昌时，借助此诗向老朋友倾诉自己的心事。

颜粲

唐代诗人（生卒年不详），京兆长安（今陕西西安）人，颜真卿的族侄。大历八年（773）前后在湖州，参与颜真卿等人联句。建中进士及第。存诗2首。

悲秋将岁晚，繁露已成霜

白露为霜

唐 · 颜粲

悲秋将岁晚，繁露已成霜。
遍渚芦先白，沾篱菊自黄。
应钟鸣远寺，拥雁度三湘。
气逼襦衣薄，寒侵宵梦长。
满庭添月色，拂水敛荷香。
独念蓬门下，穷年在一方。

注释

白露为霜：此句出自《诗经 · 秦风 · 蒹葭》，先秦时期从民间收集而来。

独念：独自徘徊，思念家乡。

穷年：一整年，从年头到年尾。

简析

这是一首典型的悲秋诗。秋天草木摇落，原野萧条。苍凉凄清的景象，最容易触动离人游子的伤感，勾起羁旅行役的乡愁。全诗共分为六层，层层推进、起合，精准地勾勒出白露时节自然的状态。前两层“悲秋将岁晚，繁露已成霜。遍渚芦先白，沾篱菊自黄”，心中感伤秋天已经快要过去了，露水也已经结成了霜。瞧，那水边芦苇白了，篱笆下的菊花也盛开了。诗人远游他乡，秋思满怀，在漫长的天还未亮的深秋夜里，凭窗而立，思乡之情油然而生，想念家人，感叹人生的惆怅。

“应钟鸣远寺，拥雁度三湘。气逼襦衣薄，寒侵宵梦长”，远方的寺庙传来阵阵钟声，伴着大雁渡过三湘飞往南方过冬。衣服单薄能感到夜晚寒气逼人，梦里时时回到家乡。

最后两层“满庭添月色，拂水敛荷香。独念蓬门下，穷年在一方”，庭院里月光皎洁，荷花芬芳。可怜我独处在这破旧的茅草房里，一年到头都在他乡漂泊。秋天是收获的季节，也是距离冬天最近的时候，凋零的落叶，让诗人再度感叹岁月的仓促，更加为自己一事无成而慨叹，自然而然地涌起一份悲秋的情绪。

钱起

钱起（约722—780），字仲文，吴兴（今浙江湖州）人。唐代宗大历中为翰林学士。钱起长于五言，词采清丽，音律和谐。因与郎士元齐名，并称“钱郎”。其诗具有较高的艺术水平，风格清空闲雅、流丽纤秀，尤长于写景，为大历诗风的杰出代表，被誉为“大历十才子”之冠。

燕赵悲歌士，相逢剧孟家

逢侠者

唐·钱起

燕赵悲歌士，相逢剧孟家。
寸心言不尽，前路日将斜。

注释

侠者：豪侠仗义之士。

燕赵：古时燕、赵两国出了许多勇士，因此后人就用燕赵人士指代侠士。

剧孟：汉代著名的侠士，洛阳人，素有豪侠的名声。杜甫有诗句：“剧孟七国畏，马卿四赋良”，说的就是剧孟武艺的高强。这里“剧孟”是用来指代洛阳的。

寸心：心中。

简析

这首五言绝句是诗人因路遇侠者而写的赠别诗。首两句“燕赵悲歌士，相逢剧孟家”，描写了燕赵两地自古多慷慨悲歌之士，今日有幸我们相逢在侠士剧孟的故乡洛阳。在这里作者采用了用典的写法，“燕赵悲歌士”里用到了战国时代诸侯国的名称“燕”“赵”，古时这两个战国七雄中的诸侯国出了许多勇士，因此后人就用燕赵人士指代侠士。“剧孟”是用来指代洛阳的。诗人一开始就把对朋友的赞美写了出来，直抒胸臆一点也不掩饰，从中可以看到诗人坦率的性格特征。

后两句“寸心言不尽，前路日将斜”，心中有许多悲壮不平之事想对你诉说，无奈太阳西斜，只好再次分手而去。诗人因为路遇侠者而写下这首赠别诗，诗里字字句句都是浓情。此诗造句别致，寓意隐蔽，诗人将诗意展开得很好，给读者留有很多思索的余地。诗人在这既抒发了心中的不平与愤懑，也表露了对侠士的倾慕和敬佩之情。这份感情被描述得格外珍贵，入木三分。钱起的诗风“体格新奇，理致清赡”。“理致清赡”这个特点表现在“前路日将斜”里，将诗意很好地放开，使读者有思索的余地。

背景

这是一首因路遇侠者而写的赠别诗。钱起的朋友中有诗人王维、裴迪等，而诗中的侠者，应该是一位与众不同的朋友。

孟云卿

孟云卿（725—781），字升之，山东平昌（今山东商河西北）人。30岁后举进士，肃宗时为校书郎。孟云卿与杜甫友谊笃厚，杜甫曾写就《酬孟云卿》和《冬末以事之东郊，城湖东遇孟云卿，复归刘颢宅宿，饮宴散因为醉歌》相赠。孟云卿的诗以朴实无华的语言反映社会现实，为杜甫、元结所推重，存诗17首。

二月江南花满枝，他乡寒食远堪悲

寒食

唐·孟云卿

二月江南花满枝，他乡寒食远堪悲。
贫居往往无烟火，不独明朝为子推。

注释

寒食：寒食节，在清明前一日或两日，这一天禁火冷食。
子推：介子推，晋国贤臣，“寒食节”即为纪念他。

简析

这是一首写寒食节的诗。前两句“二月江南花满枝，他乡寒食远堪悲”，二月的江南，花儿开满枝头，自己一个人在异乡过寒食节已经足够悲哀了。在描写景物的时候，也把时令带了出来。尤其是一个“满”字用得极为巧妙，给人一种江南春色繁华竟丽的景象，触景生情，使读者读起来自然生动。而且诗人在这里采用了以乐景衬哀景的写作手法，在写“他乡寒食远堪悲”前却描绘出“二月江南花满枝”的美丽景色，在悲苦的境遇中面对繁花似锦的春色，诗人心中的哀愁就更加浓烈了。

后两句“贫居往往无烟火，不独明朝为子推”，贫困人家的生活往往也是不生火做饭的，不仅仅是因为明天纪念子推才吃这样的冷食。古代在清明节前的一二日，还有一个节日叫“寒食节”。寒食节的起源有多种说法，但最普遍的说法是为纪念春秋时期晋国的贤臣介子推。在这一天，民间有“禁火”“寒食”的习俗，即不生火做饭，吃事先准备好的冷食。诗人发人所未发，描写了贫居寒食与众不同的感受，来巧妙地揭示出当时的社会本质，寄寓着深切的不平。

诗人借咏“寒食”写寒士生活的辛酸，却并不在“贫”字上大做文章。诗人是关西人，远游江南，独在他乡，身为异客；寒食佳节，倍思亲人，不由悲从中来。这里的“寒食”二字，除了指节令之外，还暗含少食、无食之意，一语双关，因此此诗格调也就充满了悲伤。

此诗命意新颖，构思巧妙，恰当运用反衬手法，亦谐亦庄，耐人咀嚼，是诸多寒食诗中不可多得的佳作。

背景

诗人孟云卿天宝年间科场失意后，曾流寓荆州一带，过着极为贫困的生活。就在这样的漂泊流寓生活中的一个寒食节前夕，他写下了这首绝句。

韦应物

韦应物（737—792），长安（今陕西西安）人。出身京兆韦氏逍遥公房，是文昌右相韦待价曾孙。今传有10卷本《韦江州集》、2卷本《韦苏州诗集》、10卷本《韦苏州集》，散文仅存一篇。因出任过苏州刺史，世称“韦苏州”。他是山水田园诗派诗人，后人每以王孟韦柳并称。其诗风恬淡高远，以善于写景和描写隐逸生活著称，而《西塞山》景象壮阔，则显示韦诗雄豪的一面。

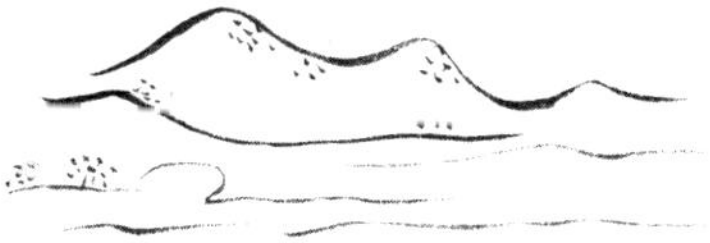

此日相逢思旧日，一杯成喜亦成悲

燕李录事

唐·韦应物

与君十五侍皇闱，晓拂炉烟上赤墀。
花开汉苑经过处，雪下骊山沐浴时。
近臣零落今犹在，仙驾飘飖不可期。
此日相逢思旧日，一杯成喜亦成悲。

注释

燕：同“宴”。录事：官名，即录事参军事。唐诸卫、十率府及州郡长吏之官属有录事参军事。

十五：十五岁。时当天宝十载（751）。侍皇闱：指在宫中为侍卫。

赤墀：皇宫中涂红漆的台阶。

汉苑：借指唐宫苑。

骊山：在今陕西省西安市临潼区东，山下有温泉。唐建华清宫于此。沐浴时：指玄宗等浴于骊山温泉。玄宗例于每年冬日驾幸华清宫。

仙驾：古代讳称死为仙游；驾：皇帝车乘的总称。时玄宗已故，因称仙驾。飘飖：飘动貌。期：会。

简析

首联“与君十五侍皇闱，晓拂炉烟上赤墀”，想起年少的时候与您一起在皇宫里当侍卫的时光，每天拂晓在香炉中的烟雾缭绕下踏上皇宫中涂红漆的台阶。颔联“花开汉苑经过处，雪下骊山沐浴时”，走过鲜花盛开的唐宫苑，想起玄宗等浴于骊山温泉的时光。

颈联“近臣零落今犹在，仙驾飘飖不可期”，不禁心中感叹昔日的近臣都已经四散飘零了，玄宗已故仙驾也已经不知道到什么地方去了。尾联“此日相逢思旧日，一杯成喜亦成悲”，今天在这里与您相逢，回想起昔日的时光，心中不禁感慨万千，悲喜交加。在这首诗中诗人回忆了与朋友当年一起出入宫闱、扈从游幸的日子，还有如今的“物是人非”（此时玄宗已逝），所以说“亦喜亦悲”。表达了诗人与朋友之间深厚的友谊以及对于过去美好时光的追忆和怀念。

背景

韦应物15岁起以三卫郎为唐玄宗近侍，出入宫闱，扈从游幸；安史之乱起，流落失职，始立志读书，后任多职。这首诗是诗人与曾和他一起在玄宗身边做侍卫的李姓朋友相宴聚会时所作的。

卢纶

卢纶（748—799），字允言，“大历十才子”之一，唐代河东蒲州（今山西永济）人。卢纶的唱和应答诗主要为五言和七言近体诗，成就不高；边塞诗则雄浑慷慨，为人们所传诵。代表诗作有《晚次鄂州》《塞下曲》等。

故关衰草遍，离别自堪悲

李端公/送李端

唐·卢纶

故关衰草遍，离别自堪悲。
路出寒云外，人归暮雪时。
少孤为客早，多难识君迟。
掩泪空相向，风尘何处期？

注释

故关：故乡。衰草：冬草枯黄，故曰衰草。

“路出”句：意为李端欲去的路伸向云天外，道路遥远漫长。

少孤：少年丧父、丧母或父母双亡。

风尘：指社会动乱。此句意为在动乱年代不知后会何期。

简析

这是卢纶为友人李端而作的一首送别诗。首联“故关衰草遍，离别自堪悲”，故乡遍地都是衰败的杂草，在这种时候不得不与您分别，这是多么的令人悲伤啊！这两句从衰草落笔，描写了送别朋友时的景象，突出了一个“悲”字，奠定了全诗的感情基调。颔联“路出寒云外，人归暮雪时”，您要去的地方远在寒云之外，十分的遥远，送你归来的时候正遇上暮雪纷飞的天气。虽然写的是送别时的景色，但是却融入了诗人不舍友人离去的惜别之情。

颈联“少孤为客早，多难识君迟”，少年的时候丧亲过早从而不得不漂泊在外客居他乡，就是在这种困难的境遇下与您相识相交。这两句不仅感伤个人的悲惨身世，还从侧面反映出了当时纷乱复杂的社会环境和人们漂泊不定的生活。沉郁顿挫，感情真挚，读起来让人有种悲凉回荡之感。尾联“掩泪空相向，风尘何处期”，空朝您去的方向掩面哭泣，世事无常，不知道下次相见又是在什么时候了。这两句总汇了上面提到的凄凉之情，“风尘何处期”，将笔锋转向预卜未来，写出了感情上的余波，读起来让人回味无穷。

背景

《全唐诗》此诗题下有注：一作严维诗，题作送李端。李端，诗人友人，与诗人同属“大历十才子”，这首作品当是二人离别时，诗人所写。

周匡物

周匡物（生卒年不详），字几本，漳州人。元和十一年（816）进士及第，唐代诗人，仕至高州刺史。诗工于咏物，刻画精致，有《周匡物诗集》。《古镜》等诗5首，收入宋人所撰《全唐诗话》。

悲欢暗负风云力，感激潜生草木身

及第后谢座主

唐·周匡物

一从东越入西秦，十度闻莺不见春。
试向昆山投瓦砾，便容灵沼濯埃尘。
悲欢暗负风云力，感激潜生草木身。
中夜自将形影语，古来吞炭是何人。

简析

这是周匡物进士及第之后为答谢主考官所作的诗。自从科举制度实行以来，进士及第绝非易事，多少学子奋斗一生也只能抱憾终身。周匡物为农家子弟，出身贫寒，但自幼聪敏过人，勤奋好学。参加殿试后他在三十三名进士中排名第四，但不忘“座主”提携之恩，“一从东越入西秦，十度闻莺不见春”

的艰苦历程也如泣如诉。其中蕴含的感慨万千、悲喜交加之意，读来不禁令人酸鼻。

次句“试向昆山投瓦砾，便容灵沼濯埃尘”，其中的“灵沼”喻指帝王的恩泽所及之处。诗人谦虚地说自己是瓦砾之才，在“灵沼”受恩，成就了今日，感激之情油然而生。还表示要像春秋时的义士豫让那样对知己吞炭报恩，表达了作者及第后的欣喜兴奋之情以及感激座师知遇之恩的心态。

这首诗还采用了用典的表现手法。比如说最后一句“中夜自将形影语，古来吞炭是何人”中的“吞炭”就出自《梁书·侯景传》:“福禄官荣，自是天爵，劳而后受，理不相干，欲求吞炭，何其谬也！”后世便用“吞炭”来比喻报恩。

背景

周匡物出身卑微，是农家子弟，后应试而出仕，本诗就是写了他从进京赶考途中遇挫的愤懑到及第后的春风得意，直到最后回顾人生的曲折道路，表示要学习前人，知恩图报的心情。

李益

李益（约750—约830），字君虞，陇西姑臧（今甘肃武威）人，大历四年（769）进士。李益所作边塞诗在当时流传很广，既歌颂战士激昂慷慨、勇于牺牲之精神，也描写了久戍思乡者之忧伤，风格悲壮婉转，直类盛唐。代表诗作有《夜上受降城闻笛》《塞下曲》等。

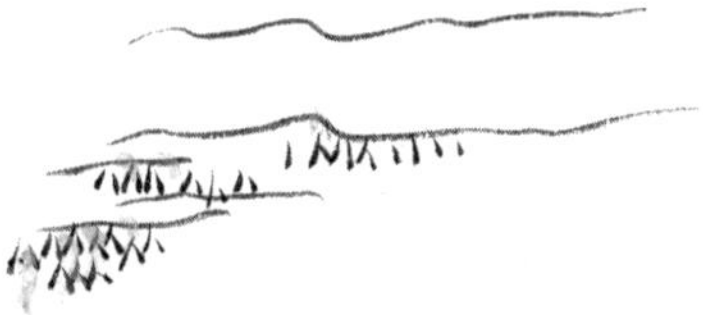

今日山川对垂泪，伤心不独为悲秋

上汝州郡楼

唐·李益

黄昏鼓角似边州，三十年前上此楼。
今日山川对垂泪，伤心不独为悲秋。

注释

汝州：今河南临汝，地处唐王朝的腹地。唐德宗建中年间，淮西节度使李希烈叛乱，汝州沦陷，成为唐王朝军队与叛军争夺的战场。

边州：边塞城市。

简析

这是唐代诗人李益所创作的一首登临抒慨之作。前两句“黄昏鼓角似边州，三十年前上此楼”，看到眼前这昏黄暗淡的景色，耳边听到鼓角的声音，就好像处于边州一样。想起了三十年前自己也登上过这个楼。在这里诗人勾勒出一幅荒凉颓败、充满战争气氛的图景，暗含了一种伤时感乱之痛。紧接着诗人又提到今日登楼所闻所感，正和三十年前上此楼相仿。时间距离之长与景象感触之相似，形成一种意味深长的对照。借景抒情，诗意含蓄深长。

后两句“今日山川对垂泪，伤心不独为悲秋”，又想起如今战火连绵，国家纷乱不止，自己内心就满是惆怅，不仅仅是因为眼前凋敝的秋天呀。诗人在这里不仅仅写出了个人的落魄无措仕途失意之悲，还表达了对整个国家的前途怀着深广的忧愤。虚点而不明说，这就给读者留下许多可供回味、思索的余地。整首诗用三十年前后两登城楼所闻所感的相似，来集中表达对衰颓不振的唐王朝的深沉感慨。语言简洁凝练，含蓄蕴藉，引人深思。

孟郊

孟郊（751—814），字东野，湖州武康（今浙江德清）人。早年困顿，漫游于湖北、湖南、广西等地。屡试不第，50岁中进士，任溧阳县尉。在阌乡（今河南灵宝）暴疾而亡。

孟郊作诗苦心孤诣，多穷愁之词，感伤自身遭遇，属苦吟诗派。孟郊与贾岛齐名，有“郊寒岛瘦”之称。有《孟东野诗集》。

心曲千万端，悲来却难说

古怨别

唐·孟郊

飒飒秋风生，愁人怨离别。
含情两相向，欲语气先咽。
心曲千万端，悲来却难说。
别后唯所思，天涯共明月。

注释

古怨别：古人离别的怨情。

飒飒：形容秋风吹的声音。

相向：面对面。

气先咽：因为伤心，气塞声断讲不出话来。

心曲：心事。

唯所思：（分别后）只有互相思念。

简析

这是唐朝诗人孟郊的一首描写情人离愁的诗。前四句“飒飒秋风生，愁人怨离别。含情两相向，欲语气先咽”，便交代了情人离别发生的场所和时令。在这秋风乍起、满目萧瑟的景色之中，一对夫妻却不得不为生活所迫而含怨离别。两人深情对望，想要说些什么却尚未开口就已经泣不成声。诗人在这里先用“飒飒秋风”渲染离愁别绪，接下来是写一对离人的表情，“含情”二字将那种情人之间依恋难舍的情景描绘得活灵活现。

后四句“心曲千万端，悲来却难说。别后唯所思，天涯共明月”，心中即使有千言万语，可是在这个时候，却因为极为悲恸而无法说出来。分别之后，这刻骨的相思之情，又能与谁诉说呢？我们唯一能做的就是在两地一起看看这天上的明月，来寄托对对方的思念。总起来看，诗人以秋风渲染离别的气氛；写“含情”之难舍，以“气先咽”来描状；写“心曲”之复杂，以“却难说”来概括；写别后之深情，以“共明月”的画面来遐想两人“唯所思”的情状。把抽象的感情写得细腻而动人。

这是一首描写情人离愁的诗。此诗一、二句是离别的时间和环境。中间两联诗句内容相重，描写了两人因离别而泪眼相看、欲说不能、伤心至极的情景。最后两句写的是离别人的将来，两人只能在明朗的月光下共同想念了。

全诗八句，四十字，细腻地描绘了一对情侣难分难舍、令人感动的情状。诗人巧妙地使用各种表现手法，把抽象的感情写得具体动人。

“悲来却难说”一句，本是极抽象的叙述语，但在这里，诗人却将其镶嵌到恰当的语境里，不仅没有了抽象感，而且连女主人公复杂的心理活动都表现出来了，取得了“用常得奇”的艺术效果。

背景

此诗是诗人与情投意合之人在离别时有感而作。

韩愈

韩愈（768—824），字退之，河南河阳（今河南孟州）人。韩愈是唐代古文运动的倡导者，被后人尊为“唐宋八大家”之首，与柳宗元并称“韩柳”。他提出的“文道合一”“气盛言宜”“务去陈言”“文从字顺”等散文的写作理论，对后人很有指导意义。韩愈的诗，风格多样，气势雄伟，想象丰富，形象奇特。

悲哉无奇术，安得生两翅

寄皇甫湜

唐·韩愈

敲门惊昼睡，问报睦州吏。
手把一封书，上有皇甫字。
拆书放床头，涕与泪垂四。
昏昏还就枕，惘惘梦相值。
悲哉无奇术，安得生两翅。

注释

睦州：治所在今浙江建德市东北。

垂四：指涕与泪双双下流。四：全诗校："一作泗。"

简析

这是韩愈的一首抒写与皇甫湜之间深厚友情的作品，韩愈虽年长皇甫湜九岁，却大有相见恨晚之意。他兼功名在身，处处提携皇甫湜，逢人便说："从吾游者，李翱、张籍其尤也，而不及持正（皇甫湜）。"韩愈视他为自己衣钵的继承者。韩愈去世之前特意写信给皇甫湜，嘱托他替自己作墓志。二人友谊可见一斑。前四句"敲门惊昼睡，问报睦州吏。手把一封书，上有皇甫字"，叙述了写作这首诗的起因，某天，被信使的敲门声惊醒之后，收到皇甫湜的信，看到放到床头上皇甫的字迹。

后几句写韩愈得到弟子消息之后的反应，一读完信件就"涕与泪垂四"，这是因皇甫湜策文中有言辞抨击宦官，触动了宦官集团利益。皇甫湜被黜为陆浑（今河南嵩县）县尉，离开了长安。韩愈对此当然是十分担心，进而希望能与皇甫湜梦中相会。紧接着"悲哉无奇术，安得生两翅"写到只怨自己"无奇术"，恨不得"生两翅"立刻飞往睦州。师徒二人感情之深，情动于中而发之于外，令后世读者读起来也不禁为之心折。

背景

黄甫湜是韩愈的弟子，元和二年（807），皇甫湜参加由皇帝亲自主持的"贤良方正直言极谏科"考试，与牛僧孺、李宗闵直陈时政，提出一系列改革措施深得宪宗赏识，却由此得罪了当朝宰相李吉甫。元和八年（813），皇甫湜辞官回睦州访友人施肩吾，之后，举家定居赤洲。之后，他写信给韩愈告知自己的遭遇。韩愈收到信后，涕泪横流，恨不得立即插上翅膀与其相见。

刘禹锡

刘禹锡（772—842），字梦得，河南洛阳人，有“诗豪”之称。刘禹锡诗文俱佳，涉猎题材广泛，与柳宗元并称“刘柳”，与韦应物、白居易合称“三杰”，并与白居易合称“刘白”。其诗大多自然流畅、简练爽利，有《陋室铭》《竹枝词》《乌衣巷》等名篇传世。

自古逢秋悲寂寥，我言秋日胜春朝

秋词

唐・刘禹锡

自古逢秋悲寂寥，我言秋日胜春朝。
晴空一鹤排云上，便引诗情到碧霄。

注释

悲寂寥：悲叹萧条。

春朝：春天。

排：推，有冲破的意思。

碧霄：青天。

简析

这是刘禹锡被贬谪之后所写的一首诗。前两句“自古逢秋悲寂寥，我言秋日胜春朝”，自古以来，人们都悲叹秋天寂寞萧条，可是我却说秋天远远比春天要好。自古文人骚客提及秋天，总要悲叹其萧条悲凉的特点，但是诗人一反历来他人悲秋的情调，赞美了秋天的开阔明丽，尤其是一个“春”字，用得非常的巧妙，充满生机与活力，恰与前句的“寂寥”形成鲜明对照，一下子放射出诗人乐观向上的心态，不因秋景之衰而气竭，也不因仕途的不顺而自馁。

后两句“晴空一鹤排云上，便引诗情到碧霄”，为什么要这样说呢？万里晴空中一只仙鹤排开云朵扶摇而上，便引发了我的诗情冲上云霄。在这里诗人采用了借景抒情的表现手法。以秋日晴空为背景，用“一鹤”正振翅冲破云层、翱翔天空来托物言志，借鹤而写离开“樊笼”复返自然，摆脱羁绊的欣喜跃然纸上。一个“排”字，是诗人以“鹤”自喻，这里，有哲理的意蕴，也有艺术的魅力，发人深思，耐人吟咏。整首诗通过歌颂秋天的壮美景观，表达了一种乐观向上的情绪和昂扬奋发的进取精神。

背景

永贞元年（805），顺宗即位，任用王叔文改革朝政，刘禹锡也参加了这场革新运动。但革新遭到宦官、藩镇、官僚势力的强烈反对，以失败而告终。顺宗被迫退位，王叔文惨遭赐死，刘禹锡受牵累被贬。这首诗便是诗人被贬朗州司马时所作。

白居易

白居易（772—846），字乐天，号香山居士，又号醉吟先生。原籍山西太原，生于河南新郑，有“诗魔”“诗王”之称。白居易与元稹共同倡导新乐府运动，世称“元白”，与刘禹锡并称“刘白”。白居易的诗歌题材广泛，形式多样，语言平易通俗，代表诗作有《长恨歌》《琵琶行》《卖炭翁》等。

迎新弃旧未足悲，悲在君家留两儿

母别子

唐 · 白居易

母别子，子别母，白日无光哭声苦。
关西骠骑大将军，去年破虏新策勋。
敕赐金钱二百万，洛阳迎得如花人。
新人迎来旧人弃，掌上莲花眼中刺。
迎新弃旧未足悲，悲在君家留两儿。
一始扶行一初坐，坐啼行哭牵人衣。
以汝夫妇新燕婉，使我母子生别离。
不如林中乌与鹊，母不失雏雄伴雌。

应似园中桃李树，花落随风子在枝。
新人新人听我语，洛阳无限红楼女。
但愿将军重立功，更有新人胜于汝。

注释

乌与鹊：林中自由自在的鸟儿。

雏：小鸟。

简析

这是唐代诗人白居易所作的一首新乐府诗歌。上半阕主要写：母别子，子别母，白天的阳光似乎都因为这种悲伤而失去了昔日的光彩，哭声中蕴含着无限的凄苦悲凉。这么一家人住在长安，丈夫当上了大将军，去年的时候立了战功，又被朝廷加封了爵位，还得到了赏赐的二百万金钱，于是便在洛阳娶了一位如花似玉的女子。女子要丈夫抛旧妇；她是丈夫手心里的莲花，我却是他们眼中的钉子。喜新厌旧是常情，这本来也不足为悲，我只有收拾行装，无奈地离开。但悲伤的是，我还有两个亲生的小孩。一个才刚刚会扶着床沿走路，一个才刚能够坐起来。坐着的孩子啼哭，会走路的孩子牵着我的衣服。

下半阕主要描写：你们夫妇新婚宴尔，却让我们母子生离死别，从此不能相见。此时此刻，我心里有说不出的悲苦，人的薄情啊，还不如林中的乌鹊，母鸟不离开小鸟，雄鸟总在它们身旁呵护。此情此景，特别像后园的桃树，曾经遮蔽着花房的花瓣已随风落去，幼小的果实还挂在梢头，经历着霜雪雨露的摧残。新人新人你听我说，洛阳有无数的红楼美女，但愿将军将来又立了什么功勋，再娶一个比你更娇艳的新妇吧，到时候我看你怎么办？全诗凄婉哀怨，声泪俱下，比喻真切，意境独到。

应是母慈重，使尔悲不任

慈乌夜啼

唐·白居易

慈乌失其母，哑哑吐哀音。
昼夜不飞去，经年守故林。
夜夜夜半啼，闻者为沾襟。
声中如告诉，未尽反哺心。
百鸟岂无母，尔独哀怨深。
应是母慈重，使尔悲不任。
昔有吴起者，母殁丧不临。
嗟哉斯徒辈，其心不如禽。
慈乌复慈乌，鸟中之曾参。

注释

哑哑：形容乌鸦的叫声。

经年：终年、整年。故林：旧林，指往日与母亲所栖息的树林。

夜夜夜半啼：每晚在半夜里啼叫。夜夜：每天晚上。

沾襟：眼泪沾湿衣襟。襟：同“衿”，上衣的前幅。

反哺：慈乌初生的时候，母亲喂养它，等它长大了，便捕取食物来喂养母亲，这叫作反哺；引申是说：报答父母的恩情。哺：喂养。

尔：你。悲不任：不能承受悲痛。不任：不堪、不能承受。

吴起：战国时鲁国名将。他曾为了追求功名，母亲死了，却不回家料理丧事。他的老师曾申（曾参的儿子）知道这件事，就和他断绝来往。

殁：死亡。丧不临：即“不临丧”，不奔丧的意思。古代习俗，父母或尊长过世，从外地赶回料理丧事或祭拜，称奔丧。

嗟哉：叹词。斯徒辈：这一类的人。斯：此、这。徒、辈都是类的意思。

复：又，这里是加强语气。

曾参：字子舆，春秋时鲁国人，孔子的学生。是当时有名的孝子。

简析

这是唐代诗人白居易的一首五言古诗。前四句主要描写了慈乌不幸失去了它的母亲，只好哀伤地一直哑哑啼哭。每天早晚都守着旧树林，整年整年都不肯飞离。

接着四句写慈乌每天半夜的时候都哀哀啼哭，听到这件事情的人也忍不住泪湿衣襟。慈乌的啼哭声好像在哀诉着自己未能及时尽到孝养之心。听在同是丧母的白居易耳中，思亲的心则更加绵长。

再接下的四句，作者以慈乌的心情推测，明白慈乌不同于其余的鸟，是因为亲恩，使得慈乌哀伤不已。这四句抒写了母亲的恩重如山，慈乌为何会经常夜啼？原因全在这儿。

最后几句诗人借物言志，以鸟喻人，借慈乌表达自己的愧恨和哀伤。又运用典故，借吴起、曾参事，从反、正两个方面点明诗歌的情感。难道其他各种鸟类都没有母亲吗？为什么只有慈乌会特别地哀怨呢？想必是母恩深重使你感到承受不住吧！我不禁想起以前有位名叫吴起的人，母亲去世他竟不去奔丧。我非常哀叹这类的人，他们的心真是连禽兽都不如啊！慈乌啊慈乌！你可真的是鸟类中的曾参啊！

元稹

元稹（779—831），字微之，河南河内（今河南洛阳）人，居京兆万年（今陕西西安）。举贞元九年（793）明经科，十九年（803）书判拔萃科，曾任监察御史。因得罪宦官及守旧官僚，遭贬谪。后转而依附宦官，官至同中书门下平章事。以暴疾卒于武昌军节度使任所。

元稹与白居易为好友，常相唱和，世称“元白”。其诗风格也与白居易相近，元诗与白诗合称“元白体”。曾撰传奇《莺莺传》，另有诗文集《元氏长庆集》。

闲坐悲君亦自悲，百年多是几多时

遣悲怀三首·其三

唐·元稹

闲坐悲君亦自悲，百年多是几多时。
邓攸无子寻知命，潘岳悼亡犹费词。
同穴窅冥何所望，他生缘会更难期。
惟将终夜常开眼，报答平生未展眉。

注释

邓攸句：晋邓攸，字伯道，官河东太守，战乱中舍子保侄，后终无子。时人乃有“天道无知，使伯道无儿”之语。寻知命：即将到知命之年。诗人于50岁时，始由继室裴氏生一子，名道护。寻：随即。知命：指50岁。

潘岳句：晋潘岳，字安仁，妻死，作《悼亡》三首，为世传诵。犹费词：意谓潘岳即使写了那么悲痛的诗，对死者也等于白说。实是说自己。

同穴句：意谓死后纵合葬一处，但洞穴冥，也难望哀情相通。同穴：指夫妻合葬。

简析

这是唐代诗人元稹为悼念元配妻子韦丛而写下的一首七言律诗。首联“闲坐悲君亦自悲，百年多是几多时”，闲坐的时候为你感到悲伤，同样也为我自己感到悲伤。人生百年仔细思量起来又有多长时间呢？颔联“邓攸无子寻知命，潘岳悼亡犹费词”，邓攸没有后代那是命中注定的事情，潘岳《悼亡诗》写得再好，对于死者来说，也没有什么意义，等于白费笔墨。这里诗人接连用了邓攸、潘岳两个典故，其实是以邓攸、潘岳自喻，表达了一种无子、丧妻的深沉悲哀。

颈联“同穴窅冥何所望，他生缘会更难期”，即便是死后埋葬在一起也无法倾诉衷肠，来生再相见更是虚无缥缈的幻想。诗情愈转愈悲，不能自已，最后逼出一个无可奈何的办法：尾联“惟将终夜常开眼，报答平生未展眉”。只能在漫漫长夜整夜整夜地把你来思念，来报答你平日里总不能舒展的双眉。在这里诗人仿佛在对妻子表白自己的心迹，要以终夜“开眼”来报答你的“平生未展眉”。表达了对亡妻的深切怀念之情，让读者对诗人想表达的那种痴情缠绵、哀痛欲绝感同身受。

名家点评

〔清〕蘅塘退士：古今悼亡诗充栋，终无能出此三首范围者。(《唐诗三百首》)

张祜

张祜（约785—849？），唐代清河（今河北省邢台市清河县）人，字承吉，唐代诗人，早年曾寓居姑苏。家世显赫，被人称作张公子，有“海内名士”之誉。长庆中，辟诸侯府，为元稹排挤，遂至淮南寓居，爱丹阳曲阿地，隐居以终。张祜在诗歌创作上取得了卓越成就，“故国三千里，深宫二十年”，张祜以是得名。《全唐诗》收录其349首诗歌。

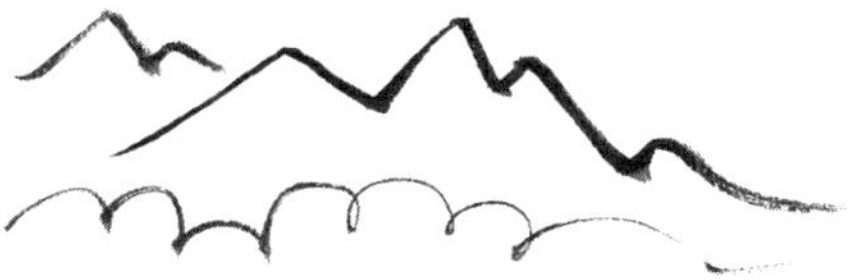

那堪重问江都事，回望空悲绿树烟

隋堤怀古

唐·张祜

隋季穷兵复浚川，自为猛虎可周旋。
锦帆东去不归日，汴水西来无尽年。
本欲山河传百二，谁知钟鼎已三千。
那堪重问江都事，回望空悲绿树烟。

注释

穷兵：滥用武力，也指戍边之兵。
那堪：怎么。
空悲：空悲叹。

简析

这是一首典型的怀古诗。首联“隋季穷兵复浚川，自为猛虎可周旋”，强烈地表达了诗人对于隋炀帝的斥责。隋炀帝是历史上臭名远扬的昏君、暴君，他用尽一切兵力去疏浚河流，并以“猛虎”自居，刚愎自用，狂妄横逆。颔联“锦帆东去不归日，汴水西来无尽年”，描绘了隋炀帝游览扬州的豪华船队，其奢侈靡费实为史上所罕闻，而如今当年浩然盛大的场面已经不复存在了。实质是说当时的唐帝国早已是连隋炀帝时也比不得了。暗含了对当政者的警训，意味深长。

颈联“本欲山河传百二，谁知钟鼎已三千”，又以嘲讽的口吻慨叹霸业成空，朝代不断更替，对事业的败亡表露一种无可奈何的追悼。然而诗人不只是追悼，更多的是面对现实，为当朝一步步走向灭亡的深渊而忧心不已。尾联“那堪重问江都事，回望空悲绿树烟”，提及了不堪回首的炀帝南游江都，日夜纵酒荒淫，最后被缢死在江都宫中这一悲惨历史。表现出诗人高度的历史责任感、使命感以及对社会现实一定程度上的批判精神。

诗人借现实寄寓兴亡感的同时，也流露出对国家、对百姓的深深同情和关怀，从一个侧面反映了他忧国忧民的情怀。

无奈，此时诗人不过是一介草民，人贱言微，无力回天，根本不可能力挽狂澜拯救衰世，诗人只能将满腔的爱国主义情怀和忧愤之心，化为声声无奈的叹息、深深的哀虑，只能“空悲绿树烟”。

李贺

李贺（约791—约817），字长吉，唐代河南福昌（今河南洛阳宜阳县）人，有“诗鬼”之称。李贺的诗作想象极为丰富，经常通过神话传说来托古喻今。其诗刻意锤炼语言，造语奇隽，凝练峭拔，色彩秾丽。代表诗作有《雁门太守行》《李凭箜篌引》等。

悲满千里心，日暖南山石

客游

唐 · 李贺

悲满千里心，日暖南山石。
不谒承明庐，老作平原客。
四时别家庙，三年去乡国。
旅歌屡弹铗，归问时裂帛。

注释

南山：指李贺家乡的山。

承明庐：汉代著名的宫殿。

弹铗：弹剑而歌。铗：剑把。

裂帛：犹裁笺。

简析

这首诗的标题“客游”点明了诗人的身份，即客居他乡的游子。首句“悲满千里心，日暖南山石”，太阳照耀在南山的石头上，悲愁充满了客游千里的羁旅之心。在这里诗人使用虚写手法表现远在千里之外内心的情怀，“日暖”属于想象的内容，诗人想象家乡温暖的太阳照耀在南山的石头上。

次句“不谒承明庐，老作平原客”，没有机会进京求取功名，却只能长久地淹留在赵国的旧地。“承明庐”指代当朝统治者，表达自己不能被朝廷重用的失意落寞；下句诗人以“平原客”自称，抒发壮志难酬的慨叹。

第三句“四时别家庙，三年去乡国”，自己已经离乡三年了，一年四季都没有机会去祭拜自己的祖宗。

最后一句“旅歌屡弹铗，归问时裂帛”，我经常像冯谖那样弹唱失意的剑歌。每次思归都未能如愿，因此，只能写封书信来表达自己希望早日还家的心情。通过写诗人想入朝为官而愿望始终得不到实现，于是想写家信告诉自己就要回家了，表达了诗人壮志难酬仕途失意的痛苦和悲伤。

背景

李贺因其父亲名晋肃，晋、进同音，因此不得参加进士科考试，堵塞了仕途升迁之路，仅做过几年奉礼郎（管宗庙祭祀司仪一类事务的从九品小官）。他对这种低微的职务很不满，满腔抱负，但却无可奈何。

少年失意，使诗人生活孤寂，性情冷僻，因此，他的诗中常带有感伤、消沉的情调。此诗可以算是他内心情感的写照。

入乡试万里，无印自堪悲

出城

唐·李贺

雪下桂花稀，啼乌被弹归。
关水乘驴影，秦风帽带垂。
入乡试万里，无印自堪悲。
卿卿忍相问，镜中双泪姿。

注释

桂花稀：喻落第。唐人以登科为折桂。

关水：关中之水。指长安附近的河流。

试万里：一作“诚万里”。

卿卿：爱妻。

简析

这首诗是李贺入长安应试失败而归之后作的，是他当时心情的极好写照。前两句“雪下桂花稀，啼乌被弹归”，雪花飘扬，大地茫茫，大雪覆压下，桂花显得稀稀落落；雪天里，一只被弹丸击伤的乌鸦，耷拉着翅膀在空中飞着，回到自己的巢穴。这里是诗人以被打伤的归鸦喻自己应试失败、失意而归的境况。

在前两句凄冷背景的映衬下，三、四两句“关水乘驴影，秦风帽带垂”，诗人刻画了自己在归途中的落寞孤寂的形象。他骑着瘦驴的孤单身影，倒映在清清的灞水里；萧索的朔风劲吹着，帽带低垂，像是在朔风中萧瑟着。“入乡试万里，无印自堪悲”是直接抒情，表达了诗人矛盾的心情：回到家乡重温家庭的欢乐温暖，是值得欣慰的；但是入京应试，“被弹”而归，一事无成，真是可悲。

最后两句“卿卿忍相问，镜中双泪姿”，则是虚写，猜想到家之后和心爱的人泪眼相对的情状，进一步表达了悲苦的心情。全诗表达了诗人的坎坷遭遇，是一曲人才被压制毁灭的悲歌。

背景

此诗作于元和四年（809）李贺长安应进士举失败之后。这次应试失败对李贺来说是一个沉重的打击。当初李贺在洛阳参加河南府试之后，是满心高兴到长安来应试的，但是他万万料想不到现实是这样残酷。李贺怀着悲哀绝望的心情，黯然神伤地离开京城。

温庭筠

温庭筠（约812—866），本名岐，字飞卿，太原祁（今山西祁县）人。少时有才名，词赋出众，却屡试不第。仕途不顺，官止国子助教。

温庭筠诗词俱佳，以词著称。其诗词清婉精丽，受世人推崇。其诗与李商隐齐名，并称“温李”；其词与韦庄齐名，并称“温韦”。

晨起动征铎，客行悲故乡

商山早行

唐·温庭筠

晨起动征铎，客行悲故乡。
鸡声茅店月，人迹板桥霜。
槲叶落山路，枳花明驿墙。
因思杜陵梦，凫雁满回塘。

注释

商山：山名，又名尚阪、楚山，在今陕西商洛市东南山阳县与丹凤县辖区交会处。诗人曾于大中（唐宣宗年号，847—860）末年离开长安时经过这里。

动征铎：震动出行的铃铛。征铎：车行时悬挂在马颈上的铃铛。铎：大铃。

槲：陕西山阳县生长的一种落叶乔木。叶子在冬天虽枯而不落，春天树枝发芽时才落。每逢端午用这种树叶包出的槲叶粽也成为当地特色。

枳：也叫“臭橘”，一种落叶灌木或小乔木。春天开白花，果实似橘而略小，酸不可吃，可用作中药。明：使……明艳。驿墙：驿站的墙壁。驿：古时候递送公文的人或来往官员暂住、换马的处所。

杜陵：地名，在长安城南（今陕西西安东南），古为杜伯国，秦置杜县，汉宣帝筑陵于东原上，因名杜陵，这里指长安。

凫雁：凫：野鸭。雁：一种候鸟，春往北飞，秋往南飞。回塘：岸边曲折的池塘。

简析

这是唐代诗人温庭筠的一首五言律诗。首句“晨起动征铎，客行悲故乡”表现“早行”的典型情景，概括性很强。清晨起床的时候，旅店外面早已经响遍了车马的铃声。出门在外的人们身处旅途中，却还在想念着故乡。出外想家，真切地反映了封建社会里一般旅人的某些共同感受，很能够引起读者情感上的共鸣。

“鸡声茅店月，人迹板桥霜”历来脍炙人口。鸡声嘹亮，茅草店沐浴着晓月的清辉；足迹凌乱，木板桥覆盖着早春的寒霜。这两句纯用名词组成的诗句，使早行情景宛然在目，确实称得上“意象俱足”的佳句。虽然没有出现一个“早”字，但是通过鸡声、茅店、月、人迹、板桥、霜这六个意象，把初春山村黎明特有的景色，细腻而又精致地描绘出来。

紧接着“槲叶落山路，枳花明驿墙”，诗人将镜头转向两种植物，一方面暗示出季节，同时也点明商山的风物特征。枯败的槲叶，落满了荒山的野路；淡白的枳花，照亮了驿站的泥墙。最后一句“因思杜陵梦，凫雁满回塘”，想起昨夜梦见杜陵的美好情景，一群群野雁，正嬉戏在圆而曲折的池塘。这段对梦境的回味，不仅贴合商山早行的具体情境，也照应了开头的“客行悲故乡”，将诗人的羁愁旅思和对故乡的思念表达得淋漓尽致。

背景

这首诗准确的写作年代已不可考，但透过温庭筠的生平还是可以看出一些端倪。他曾任隋县尉，徐商镇襄阳，他被辟为巡官。此诗当是温庭筠此次离开长安赴襄阳投奔徐商经过商山时所作。虽然温庭筠是山西人，但是因为做官的原因，他久居杜陵，杜陵已经成为他的第二故乡。在写这首诗的时候，他久困科场，年近五十又为生计所迫出任一县尉，去国怀乡之情非常浓厚。

名家点评

〔明〕李东阳：“鸡声茅店月，人迹板桥霜”，人但知其能道羁愁野况于言意之表，不知二句中不用一二闲字，止提掇出紧关物色字样，而音韵铿锵，意象具足，始为难得。若强排硬叠，不论其字面之清浊，音韵之谐舛，而云我能写景用事，岂可哉！(《怀麓堂诗话》)

〔清〕查慎行：颔联出句胜对句。(《初白庵诗评》)

〔清〕盛传敏：三、四句非行路之人不知此景之真也。论

章法，承接自在；论句法，如同吮出。描画不得者，偏能写得。句句早行，故妙。(《碛砂唐诗纂释》)

李庆甲：纪昀云："归愚讥五、六卑弱，良是。七、八复，衍第二句，皆是微瑕，分别观之。"何义门云："次联东坡亦叹为绝唱。"(《瀛奎律髓汇评》卷十四)

李商隐

李商隐（约813—约858），字义山，号玉溪生，又号樊南生，祖籍怀州河内（今河南焦作沁阳），晚唐著名诗人。和杜牧合称“小李杜”，与温庭筠合称为“温李”。其诗构思新奇，风格秾丽，尤其是一些爱情诗和无题诗写得缠绵悱恻，优美动人，广为传诵。但部分诗歌过于隐晦迷离，难于索解。

为谢西园车马客，定悲摇落尽成空

题小松

唐 · 李商隐

怜君孤秀植庭中，细叶轻阴满座风。
桃李盛时虽寂寞，雪霜多后始青葱。
一年几变枯荣事，百尺方资柱石功。
为谢西园车马客，定悲摇落尽成空。

注释

为谢：为告。西园车马客：似指徒赏浮华而不重其才者。

摇落：衰落。

简析

这是一首咏物诗。首联“怜君孤秀植庭中，细叶轻阴满座风”，我非常喜爱这个庭院中俊秀挺立的小松树，细小的树叶不仅带来阴凉，还带来了满座的清风。在这里诗人赞赏了小松的无私。颔联“桃李盛时虽寂寞，雪霜多后始青葱”，桃花李花盛开的时候，这棵小松树默默无闻，霜雪降下来之后才逐渐显得那么的郁郁葱葱。以不耐霜雪的桃李辛辣嘲讽煊赫一时的显贵和奔走邀宠之徒，表达对世俗的鄙夷与愤懑。诗人借小松以自况，抒发其志士之悲愤，托物言志，借物喻人。

颈联“一年几变枯荣事，百尺方资柱石功”，草木在一年之中经历过几次枯荣的变化，小松树长到百尺之后才会成为栋梁。诗人在这里写到“一年几变”。这是夸大百花“枯荣”之易来强调小松成材之难，以百花之“变”来反衬小松之坚定，使小松的刚劲挺拔、生机勃勃表现得格外鲜明，给人以深刻印象。尾联“为谢西园车马客，定悲摇落尽成空”，麻烦帮我去告诉那些在西园游赏的宾客，他们一定会悲叹那园中的花草早已经凋谢一空了。这首诗主要运用了对比的写作手法，将桃李的春荣冬枯与小松的夏阴冬青进行对比，盛赞小松之孤秀挺拔、不畏严寒的品质，突出了诗人的爱憎情感。

已悲节物同寒雁，忍委芳心与暮蝉

野菊·苦竹园南椒坞边

唐·李商隐

苦竹园南椒坞边，微香冉冉泪涓涓。
已悲节物同寒雁，忍委芳心与暮蝉。
细路独来当此夕，清尊相伴省他年。
紫云新苑移花处，不取霜栽近御筵。

注释

苦竹：指野菊托根在辛苦之地。竹为苦竹，而椒味辛辣，皆以喻愁恨。椒：灌木名。坞：四周高中间低的地方。

泪涓涓：形容花上的露珠、水滴。

节物：具有季节性的景物。

芳心：惜花之心。与：同。

简析

这是一首七言律诗。首联“苦竹园南椒坞边，微香冉冉泪涓涓”就点出野菊所处的环境。从一片苦竹园一直向南走，来到了起伏的椒坞边。野菊发出的微香四处飘散，花上的秋露就好像是泪珠点点。颔联“已悲节物同寒雁，忍委芳心与暮蝉”，令人无限同情的野菊寂寞无伴，就如同寒风中飞行的孤雁。满腹惜花的心情实在是说不出口，我又怎忍心托付给傍晚的暮蝉？以上四句，明里句句写的是野菊，但实际上句句都是在写自己：野菊托根于辛苦之地，花发于西风落叶之时，备受苦寒，这是诗人命运的生动写照。

颈联“细路独来当此夕，清尊相伴省他年”，夕阳中有一条弯弯曲曲的小路，我独自徘徊。酒杯与我亲密相伴，我乘着酒兴浮想联翩，往事如在眼前。尾联“紫云新苑移花处，不取霜栽近御筵”尽显怨愤压抑的情绪。紫云东来，随风飘荡，御苑移花，充满吉祥。但是野菊却受人轻待，无人选栽排斥在御筵之外。全诗触景感怀，咏物托意，含意精警，令人回味感叹，很能反映诗人当时的思想状况。

诗人借助此诗，抒发自己沉沦困境的感受的同时，也流露出对浑浑的幽怨之情。这首诗突出的特点是构思精密，立意高迈。

诗人颇具匠心，有意识地避实就虚，采用象征的手法，不作平直语。字面上除五、六两句外，句句写菊，又句句寄托自己的身世之感，别开生面，不落窠臼。尤其三、四两句“已悲节物同寒雁，忍委芳心与暮蝉”。含意精警，令人回味感叹。

背景

李商隐生于晚唐末世，可谓生不逢时。入仕以后，又一直处于牛李党争的夹缝之中，后又被牵连进去，遭受排挤和打击，郁郁不得志。但是又不甘潦倒长终，内心充满痛苦和烦闷。此诗当作于穷困潦倒之时。

露如微霰下前池，月过回塘万竹悲

七月二十九日崇让宅宴作

唐・李商隐

露如微霰下前池，月过回塘万竹悲。
浮世本来多聚散，红蕖何事亦离披？
悠扬归梦惟灯见，濩落生涯独酒知。
岂到白头长知尔，嵩阳松雪有心期。

注释

崇让宅：李商隐岳父王茂元在东都洛阳崇让坊的宅邸。

微霰：微细的雪粒。

浮世：即浮生，指人间，人世。旧时认为人世间是浮沉聚散不定的，故称。唐许浑《将赴京留赠僧院》诗："空悲浮世云无定，多感流年水不还。"

红蕖：红荷花。蕖：芙蕖。唐李白《越中秋怀》诗："一为沧波客，十见红蕖秋。"离披：零落分散的样子。《楚辞・九辩》："白露既下百草兮，奄离披此梧楸。"朱熹集注："离披，分散貌。"

悠扬：起伏不定；飘忽。《隶释・汉冀州从事张表碑》："世虽短兮名悠长，位虽少兮功悠扬。"归梦：归乡之梦。南朝齐谢朓《和沉右率诸君饯谢文学》："望望荆台下，归梦相思夕。"

濩落：原谓廓落。引申为沦落失意。唐韩愈《赠族侄》诗："萧条资用尽，濩落门巷空。"

白头：犹白发，形容年老。

嵩阳：嵩山之南。嵩山在河南登封，距离洛阳才百里。松雪：象征隐士的气节和品格。心期：心神交往，两相期许。

简析

这首诗首联“露如微霰下前池，月过回塘万竹悲”，秋露就好像细小的雪粒洒下了前池，西风吹过回塘，万竹都萧飒生悲。诗人在这里运用比喻、拟人，动静结合，视听结合，描绘出露重天寒、风摇翠竹的画面，还渲染烘托出一种悲凉的氛围，衬托诗人内心的凄楚，奠定了全诗凄凉的感情基调。诗人紧接着又写到无常的人生本来就多悲欢聚散；但那池上的红荷花，又因为什么事情而零落纷披？“浮世”即浮生，谓世事不定、生命短暂、人生坎坷，蕴含了对红荷的痛惜以及对时间流逝的悲叹。表达了对妻子的思念，对人生难得团聚的痛惜。

诗的后半部分“悠扬归梦惟灯见，濩落生涯独酒知。岂到白头长知尔，嵩阳松雪有心期”，我遥远难凭的归梦，只有孤灯才能见证；我空虚落寞的生涯，唯有清酒方可得知。难道到了白头之年还是如此？我早与嵩山南面的松雪两心相期。诗人直接抒发感慨，表现出诗人的冷落、孤寂之感，宣泄出仕途坎坷、壮怀未成的愤慨之情。全诗情景交融，具有较强的艺术感染力。

背景

此诗当作于唐武宗会昌元年（841）。此时诗人仕途受挫，暂住岳父王茂元（时任忠武军节度使、陈许观察使）家，妻子仍在京城长安。

名家点评

〔清〕屈复：一二是日之景。三四睹红蕖之离披，感人生之聚散。五六宴时之情。结欲归隐也。(《玉溪生诗意》)

〔清〕张采田：纪氏不喜此派诗，故以为“平衍滑调”，实则后幅宛转达情，正妙于顿挫者也。(《李义山诗辨正》)

陆龟蒙

陆龟蒙（？—881），字鲁望，别号天随子、江湖散人、甫里先生，江苏吴县人。曾任湖州、苏州刺史幕僚，后隐居松江甫里，是唐代农学家、文学家，编著有《甫里先生文集》等。他的小品文主要收在《笠泽丛书》中，现实针对性强，议论也颇精切，如《野庙碑》《记稻鼠》等。陆龟蒙与皮日休交友，世称“皮陆”，诗以写景咏物为多。

香径长洲尽棘丛，奢云艳雨只悲风

吴宫怀古

唐·陆龟蒙

香径长洲尽棘丛，奢云艳雨只悲风。
吴王事事须亡国，未必西施胜六宫。

注释

香径：指春秋时吴国馆娃宫美人采香处，故址在今苏州西南香山旁。长洲：即长洲苑，吴王游猎之处，在今苏州西南、太湖北。

吴王：指吴王夫差。

西施：越国美女，越王勾践把她送给吴王夫差，很受宠爱。六宫：古代帝王后妃居住的地方，共六宫。这里指后妃。

简析

这是一首怀古诗。这首诗运用鲜明的对照手法，将昔日吴王荒淫腐朽的事实和眼前吴宫的残破凄惨景象浓缩在一首诗里。前两句“香径长洲尽棘丛，奢云艳雨只悲风”，想当年春秋时吴国馆娃宫美人采香经过的香径和长洲都已是荆棘横生的草丛，奢靡浮艳的世事风气只剩下了悲哀的痕迹。用“奢”“艳”修饰“云雨”鲜明地表达了诗人的批评态度。“悲”是诗人的感觉，移情于物使“风”染上感情色彩，增强了诗的批判性。

后两句“吴王事事须亡国，未必西施胜六宫”，吴王夫差做的一切倒行逆施的事情都足以使国家灭亡，不一定是西施艳冠后宫才导致夫差无心于国事，最终致使吴国灭亡啊！表现出了吴宫残败凄凉的荒凉景象，渲染出一种历史的沧桑感。诗人认为夫差亡国的根本原因是骄奢淫逸，而不应归罪西施。这首诗还蕴含着一个哲理性的见解：一个王朝的没落是诸种因素的合力使然。全诗通过鲜明的对比和生动的形象来说理，怀古喻今，蕴含深远，语言质朴，风格沉郁。

背景

这首诗是诗人吊古凭今之作，诗人借苏州灵岩山的香径和长洲荆棘丛生的景象，联想到吴王夫差荒淫无道，认为他一切倒行逆施的做法都足以亡国，而根本不是因为被西施的美色迷误造成的。陆龟蒙站在历史的高度重新审视了当年吴越争霸之事，否定了前代女祸误国的错误看法。

汪遵

汪遵［生卒年均不详，约唐僖宗乾符中（877）前后在世］，宣州泾县人（《唐诗纪事》作宣城人，此从《唐才子传》）。家贫，借人书，昼夜苦读，工为绝诗。与许棠同乡，初为小吏，咸通七年（866）擢进士第，后五年，棠始亦及第，有《唐才子传》传世。

铜雀台成玉座空，短歌长袖尽悲风

咏铜雀台

唐·汪遵

铜雀台成玉座空，短歌长袖尽悲风。
不知仙驾归何处，徒遣颦眉望汉宫。

注释

铜雀台：曹操平定袁绍后在河北临漳建的一座高台。玉座空：指铜雀台建成几年后曹操就去世了。

短歌长袖：曹操在铜雀台中蓄养了许多美女，供他取乐。

望汉宫：曹操死前，遗令铜雀台中的美女自给自足，每到他的祭日以及每月初一、十五都要歌舞献祭。

简析

这是一首典型的咏史诗。前两句“铜雀台成玉座空，短歌长袖尽悲风”，提到了铜雀台建成没几年，曹操就去世了。曹操在铜雀台中蓄养了许多美女，供他取乐。他死之后这些美女都过得十分悲惨。曹操死后长眠地下，不能复闻丝竹之声，细味却有不胜悲凉之感。逝者如斯，留给人们广阔的想象余地。

后两句“不知仙驾归何处，徒遣颦眉望汉宫”，不知道曹操的仙驾如今已经到了什么地方，他死前，遗令铜雀台中的美女自给自足，每到他的祭日以及每月初一、十五都要歌舞献祭。诗人以三国时期曹操建造铜雀台的历史事件为题材，批判曹操死后还不忘人间逸乐，迷信地奴役人民的无知举动。同时劝诫统治者要爱惜民力，破除迷信。

诗人在这里也禁不住要为那些无辜的妾伎悲泣感伤，诗人已从对铜雀台的一时一事的凭吊和感伤的圈子中跳了出来，站到了历史的高度，既饱含感情又充满理性，以超然的态度来描写、评判这一历史故事，进而反思人生。他从大人物的悲哀中，看到了小人物的悲哀。

谭用之

谭用之（932年前后在世），里居及生卒年均不详，约后唐明宗长兴中前后在世。字藏用，唐末五代时人，善为诗，而官不达，著有诗集1卷，《新唐书·艺文志》传于世。

乡思不堪悲橘柚，旅游谁肯重王孙

秋宿湘江遇雨

五代·谭用之

江上阴云锁梦魂，江边深夜舞刘琨。
秋风万里芙蓉国，暮雨千家薜荔村。
乡思不堪悲橘柚，旅游谁肯重王孙。
渔人相见不相问，长笛一声归岛门。

注释

湘江：即湘水，发源于广西兴安县海阳山，北流至湖南，注入洞庭湖，是湖南省最大的河流。锁：束缚，封住。梦魂：梦乡之魂，指思乡之情。

刘琨：晋朝人，少怀壮志，与祖逖相互激励，常闻鸡鸣而起来舞剑，准备为国家做一番事业。后来常用这个故事来表示胸怀壮志。

芙蓉国：湖南省内因广种荷花，故有芙蓉国之称。

薜荔：又名木莲，一种常绿蔓生植物，多生于田野间。古人把它看作香草。屈原《九歌·山鬼》："若有人兮山之阿，被薜荔兮带女萝。"

橘、柚：这两种水果都盛产于南方，在秋冬成熟。橘一向被称为"嘉树"。

旅游：离家旅行在外。王孙：本意是贵族子弟，有时也指隐士，这里是作者自指。《楚辞·招隐士》："王孙游兮不归，春草生兮萋萋。"

岛门：岛上。

简析

这是五代诗人谭用之创作的七言律诗。首联"江上阴云锁梦魂，江边深夜舞刘琨"，湘江上阴云笼罩，使人感到心情十分郁闷。深夜里徘徊在江岸边，想起刘琨的远大抱负。一个"锁"字写出了阴云笼罩、暮雨将临、孤舟受阻的情形，流露出诗人被迫困于此地的无奈和怅惘的心情。颔联"秋风万里芙蓉国，暮雨千家薜荔村"，秋风轻轻吹动，万里芙蓉花摇曳生姿。暮雨洗尘，千村的薜荔枝显得更加的苍翠可爱。通过对秋风暮雨景象凄凉的描写，抒发了诗人游子思乡和怀才不遇的感叹。

颈联"乡思不堪悲橘柚，旅游谁肯重王孙"，提到思乡之情难耐，看见橘柚更加令人悲叹。羁旅他乡，如被弃的山野之人无人看重。抒发了作者的思乡之情和仕途不遇之悲。"乡思"一词直接抒情，"王孙"一词巧用典故、反诘，在壮烈情怀中寄寓着愤慨与忧伤。尾联"渔人相见不相问，长笛一声归岛门”，就是打鱼人和我相见，也不与我说一句话，自顾自地吹着长笛回岛去了。一种世无知音的悲愤溢于言表，令人感慨万千。

背景

这首七律，写于诗人旅游他乡、遇雨受阻、夜泊湘江之时。全诗通过对秋风暮雨景象凄凉的描写，抒发了诗人游子思乡和怀才不遇的感叹。

名家点评

〔明〕钟惺、谭元春：孤情高响，却生成是中、晚妙律，移上不得。(《唐诗归》)

〔清〕陆次云：飘逸又复完浑。(《五朝诗善鸣集》)

柳永

柳永（约987—约1053），原名三变，字景庄，后改名柳永，因排行第七，又称柳七。福建崇安（今福建武夷山）人，北宋著名词人，婉约派代表人物。柳永对宋词进行了大胆革新，他大力创作慢词，将敷陈其事的赋法移植于词，同时充分运用俚词俗语，对宋词的发展产生了深远影响。

当时宋玉悲感，向此临水与登山

戚氏·晚秋天

宋·柳永

晚秋天，一霎微雨洒庭轩。槛菊萧疏，井梧零乱，惹残烟。凄然，望江关，飞云黯淡夕阳间。当时宋玉悲感，向此临水与登山。远道迢递，行人凄楚，倦听陇水潺湲。正蝉吟败叶，蛩响衰草，相应喧喧。

孤馆，度日如年。风露渐变，悄悄至更阑。长天净，绛河清浅，皓月婵娟。思绵绵，夜永对景，那堪屈指暗想从前。未名未禄，绮陌红楼，往往经岁迁延。

帝里风光好，当年少日，暮宴朝欢。况有狂朋怪侣，遇当歌对酒竞留连。别来迅景如梭，旧游似梦，烟水程何限。念名利，憔悴长萦绊。追往事，空惨愁颜。漏箭移，稍觉轻寒。渐呜咽，画角数声残。对闲窗畔，停灯向晓，抱影无眠。

注释

戚氏：词牌名，为柳永所创，长调慢词，《乐章集》收入“中吕调”。全词三叠，计212字，为北宋长调慢词之最，亦堪称柳词压轴之作。

一霎：一阵。庭轩：庭院里有敞窗的厅阁。

槛菊：栏杆外的菊花。

井梧：井旁挺拔的梧桐古树。源自唐薛涛《井梧吟》：“庭除一古桐，耸干入云中。枝迎南北鸟，叶送往来风。”

江关：疑指荆门，荆门、虎牙二山（分别在今湖北省枝城市和宜昌市）夹江对峙，古称江关，战国时为楚地。

宋玉悲感：战国时楚宋玉作《九辩》，曾以悲秋起兴，抒孤身逆旅之寂寞，发生不逢时之感慨。

迢递：遥不可及貌。迢：高貌。

陇水：疑非河流名，实为陇头流水之意。北朝乐府有《陇头歌辞》，词曰：“陇头流水，流离山下。念吾一身，飘然旷野。”“陇头流水，鸣声呜咽。遥望秦川，心肝断绝。”潺湲：水流貌。

蛩（qióng）：蟋蟀。

更（gēng）阑：五更将近，天快要亮了。犹言夜深。

绛河：即银河。天空称为绛霄，银河称为绛河。

婵娟：美好貌。

夜永：夜长。

绮陌红楼：犹言花街青楼。绮陌：繁华的道路。

经岁：经年，以年为期。迁延：羁留。

帝里：京城。

狂朋怪侣：狂放狷傲的朋友。

竞：竞相。

迅景：岁月，光阴易逝，故称。

简析

这首词是柳永自制的新调之一，头一片写景，写词人白天的所见所闻；第二片写情，写词人“更阑”的所见所感；第三片写意，写词人对往事的追忆，抒发自己的感慨。

上片描写的是微雨刚过、夕阳西下时的情景。“晚秋”二字点出了时令是在九月。词先从近景写起：秋雨梧桐，西风寒菊，点缀着荒寂的驿馆。“凄然”以下写远景。“夕阳间”的“间”字下得好，对比强烈，是移情的手法。“倦听”以下，转写所闻：一个“应”字更把蝉鸣、蛩响彼此呼应的秋声写活了。这里，“蝉鸣”与“蛩响”彼此相应，实际上与词人内心的凄凉之感相共鸣，这是一种融情于景的手法。

中片从日斜到日暮，刻画词人此地此时的心理状态。月明夜静，一身孤旅，清宵独坐，怎能不勾起抑郁的情思来呢？“那堪屈指”以下转入忆旧 ，纯乎写情。以虚衬实，放笔直书，情真意厚、流转自如。

下片“帝里”六句，写狂放不羁的少年生活，具体地补足了“暗想”的内容。仍用虚笔，与上片密衔细接。“别来迅景如梭”一句转写实景。词笔虚实相间，腾挪有致。经过一番铺垫与蓄势，然后引出了“念名利，憔悴长萦绊”一句。为什么要抛亲别友，孤旅天涯，受这份煎熬呢？不正是被区区的名利所羁绊吗？传神地勾画出一个独倚虚窗、形影相伴的天涯倦客形象。

背景

这首词当写于湖北江陵，当时柳永外放荆南，虽已年过五十，但是却只是个相当于县令的小官，他的心情自然十分苦闷。这首词即是他此时心情的反映。

算人生、悲莫悲于轻别

倾杯（林钟商）

宋 · 柳永

离宴殷勤，兰舟凝滞，看看送行南浦。情知道世上，难使皓月长圆，彩云镇聚。算人生、悲莫悲于轻别，最苦正欢娱，便分鸳侣。泪流琼脸，梨花一枝春带雨。

惨黛蛾、盈盈无绪。共黯然消魂，重携纤手，话别临行，犹自再三、问道君须去。频耳畔低语。知多少、他日深盟，平生丹素。从今尽把凭鳞羽。

注释

离宴：饯别的宴席。殷勤：指反复叮嘱。

兰舟：传说鲁班曾刻木兰树为舟（南朝梁任昉《述异记》）。这里用作对船的美称。

南浦：指水边的送别之所。屈原《九歌 · 河伯》："与子交手兮东行，送美人兮南浦。"

情知道：明明知道。

彩云：本指仙人所驾之云，后用以借指情人远去。韦庄

《悼亡姬》："凤去鸾归不可寻，十洲仙路彩云深。"镇聚：长聚。

轻别：轻易别离，动辄即别离。

简析

词的上片写离别前的景和情。"离宴殷勤"三句，词起笔便直入送别的主题，描写临别时的场景。首句"离宴殷勤"即写妻子在饯别的宴席上反复劝酒、叮咛。分手在即，多情女子的"殷勤"致意，强作欢颜，正写出了两人不忍离别又不能不离别的悲哀、无奈。

接下来由叙而议，直接抒写词人内心的无限感慨。"情知道世上，难使皓月长圆，彩云镇聚"，这几句既通俗易懂，却又意在言外。"算人生、悲莫悲于轻别"语意又深一层，"鸳侣"分别已是很苦的事情，然而还有更苦的，那就是"正欢娱"时的"鸳侣"分别，满心的苦涩溢于言表。

词的下片写与妻子话别。换头处"惨黛蛾、盈盈无绪"承上片接着描写女子的情态。从所写内容看，上下片的衔接极为紧密，但从词作表达的感情来看，上下片之间却有一段令人回味的空白。这段空白中深蕴着词人看到心爱女子泪流满面时的情难自禁，以及由此产生的虚妄人生的悲哀。

词的结尾，"知多少、他日深盟，平生丹素。从今尽把凭鳞羽"，宕开一笔，慨叹从今以后，两人只能借鱼雁传书，倾诉彼此深深的思念之情。这首词则融场景描写、人物刻画、议论抒情为一体，笔触腾挪有致，尤以人物情态、动作的刻画取胜。

背景

观词中景物，与柳永另外一首词《雨霖铃·寒蝉凄切》极为相似，应该是同时期创作的，这首词可以看作是《雨霖铃·寒蝉凄切》的副歌。

若将两词放在一起研究，则可知两词写于景德四年（1007）秋，柳永当时准备离开汴京，亲友们前来送行，其中包括柳永的妻子，这两首词就是写给她的。

欧阳修

欧阳修（1007—1072），字永叔，号醉翁，晚号六一居士，吉州永丰（今江西吉安永丰县）人，北宋政治家、文学家。欧阳修是宋代文学史上最早开创一代文风的文坛领袖。他领导了北宋诗文革新运动，继承并发展了韩愈的古文理论。其诗议论、叙事、抒情融为一体，语言清新流畅，风格流丽婉转。

感事悲双鬓，包羞食万钱

秋怀

宋・欧阳修

节物岂不好，秋怀何黯然！
西风酒旗市，细雨菊花天。
感事悲双鬓，包羞食万钱。
鹿车何日驾，归去颍东田。

注释

秋怀：秋日的思绪情怀。

节物：节令风物。

酒旗：酒店悬挂在路边用于招揽生意的锦旗。

包羞：对所做事感到耻辱不安。

鹿车：用人力推挽的小车。《风俗通义》说因其窄小，仅载得下一鹿，故名。

颍东：指颍州（今安徽阜阳）。欧阳修在皇祐元年（1049）知颍州，乐西湖之胜，将卜居，不久内迁。翌年，约梅圣俞买田于颍。

简析

“秋怀”重在“怀”，秋日风光好，诗人却黯然，黯然的是双鬓因忧伤国事而染霜；食厚禄却于国无补，这些均是儒家的忧世之情。首联统领以下四句，“西风”句承“好”一字，“感事”句承“黯然”二字。盖黯然者，非关节物，乃“感事”使然也。享禄而无功，足羞也。既不愿与世同流，何不驾鹿车归林也！如太白不愿摧眉折腰事权贵，骑白鹿访名山也。本诗语淡而情深，尤“西风”“细雨”二句，虽十字却咏尽秋日佳趣。

颔联运用了白描手法。描绘出西风里酒旗招展、细雨中菊花盛开的秋日景象，质朴而清丽，也写出了诗人对自然、对生活的喜爱之情。

颈联告诉我们，诗人因感叹国事，连双鬓都因悲忧而变得灰白了！自己实在羞于过这种食厚禄而于国无补的苟且生活，所以尾联便写作者归隐的思想。这就是诗人心绪黯然的所在。

尾联希望驾鹿车回到颍东去过躬耕田园的生活，表现出诗人对与世浮沉和苟且生活的厌倦，向往道家归隐超然的生活。“鹿车何日驾，归去颍东田。”鹿车，借用佛家语，此处以喻归隐山林。两句意谓：何日才能驾起鹿车，回到颍东去过躬耕田亩的生活呢？诗人以“贤者避世”之想，表现了对与世浮沉的苟且生活的憎恶。

背景

宋仁宗庆历五年（1045）八月，“庆历新政”失败，执政大臣杜衍、范仲淹等相继被斥逐。欧阳修因上书为他们辩护，也被捏造罪名，由河北都转运按察使降知滁州，十月到任。此次遭贬使他对当时冷酷的社会现实有了比较清醒的认识；官场的倾轧，使他希图摆脱世俗纷扰，向往恬静的归隐生活。此诗即作于到任滁州后的一个秋天。

王安石

王安石（1021—1086），字介甫，号半山，临川人，北宋著名思想家、政治家、文学家。其诗“学杜得其瘦硬”，重炼意和修辞，擅长说理，晚年诗风含蓄深沉、深婉不迫，以雅丽精绝的风格在北宋诗坛自成一家，世称“王荆公体”。

念往昔、繁华竞逐，叹门外楼头，悲恨相续

桂枝香·金陵怀古

宋·王安石

登临送目。正故国晚秋，天气初肃。千里澄江似练，翠峰如簇。归帆去棹残阳里，背西风、酒旗斜矗。彩舟云淡，星河鹭起，画图难足。

念往昔、繁华竞逐，叹门外楼头，悲恨相续。千古凭高，对此谩嗟荣辱。六朝旧事随流水，但寒烟衰草凝绿。至今商女，时时犹唱，后庭遗曲。

注释

登临送目：登山临水，举目望远。

故国：旧时的都城，指金陵。

千里澄江似练：形容长江像一匹长长的白绢。语出谢朓《晚登三山还望京邑》："余霞散成绮，澄江静如练。"澄江：清澈的长江。练：白色的绢。

如簇：这里指群峰好像丛聚在一起。簇：丛聚。

星河鹭（lù）起：白鹭从水中沙洲上飞起。长江中有白鹭洲（在今南京水西门外）。星河：银河，这里指长江。

画图难足：用图画也难以完美地表现它。

繁华竞逐：（六朝的达官贵人）争着过豪华的生活。竞逐：竞相仿效追逐。

门外楼头：指南朝陈亡国惨剧。语出杜牧《台城曲》："门外韩擒虎，楼头张丽华。"韩擒虎是隋朝开国大将，他已带兵来到金陵朱雀门（南门）外，陈后主尚与他的宠妃张丽华在结绮阁上寻欢作乐。

悲恨相续：指亡国悲剧连续发生。

凭高：登高。这里是说作者登上高处远望。

谩嗟荣辱：空叹什么荣耀耻辱。这是作者的感叹。

六朝：指三国吴，东晋，南朝宋、齐、梁、陈六个朝代。它们都建都金陵。

商女：歌女。

后庭遗曲：指歌曲《玉树后庭花》，传为陈后主所作。杜牧《泊秦淮》："商女不知亡国恨，隔江犹唱《后庭花》。"后人认为是亡国之音。

简析

这是一首怀古词，采用了借古讽今的表现手法。这首词的上阕主要是写景，作者在一派肃爽的晚秋天气中登高临远，看到了金陵最有特征的风景：千里长江明净得如同一匹素白的绸缎，两岸苍翠的群峰好似争相聚在一起；江中的船帆在夕阳里来来去去，岸上酒家斜矗的旗招迎着西风在飘扬。极目远眺，那水天一色处的各种舟楫在淡云中时隐时现；一群白鹭在银河般的洲渚腾空而起。“似”“如”二字运用比喻的手法，“彩舟”“星河”，色彩对比鲜明；“云淡”“鹭起”，动静相生。全阕由远而近，描绘了一幅肃爽的金陵晚秋图景。

词的下阕，作者的笔锋一转，切入怀古的题旨，感叹六朝皆以竞逐繁华而相继亡国覆辙重蹈的史实。用“念往昔”三字拉开了时空的反差，指出六朝的统治者竞相过着奢侈荒淫的生活，以致像陈后主那样，敌军已兵临城下，他还拥着一群嫔妃在寻欢作乐。末尾两句“至今商女，时时犹唱，后庭遗曲”，作者借用杜牧《泊秦淮》中的“商女不知亡国恨，隔江犹唱后庭花”的诗意，指出六朝亡国的教训已被人们忘记了。这结尾的三句借古讽今，寓意深刻。

背景

宋英宗治平四年（1067），王安石第一次任江宁知府，其间，写有不少咏史吊古之作，这首词可能作于当时。还有一种说法是，此词大约作于王安石第二次被罢相、出知江宁府的时候，时间在宋神宗熙宁九年（1076）之后。

程颢

程颢（1032—1085），世居中山，后从开封徙河南（今河南洛阳）。字伯淳，学者称明道先生。北宋哲学家、教育家、诗人和北宋理学的奠基者。元丰八年（1085），宋哲宗即位，诏其为宗正丞，未行而卒，享年54岁。程颢是嘉祐年间进士，曾和其弟程颐学于周敦颐，世称“二程”，同为北宋理学的奠基者，其学说在理学发展史上占有重要地位，后来为朱熹所继承和发展，世称“程朱学派”。其所亲撰有《定性书》《识仁篇》等，后人集其言论所编的著述书籍《遗书》《文集》等，皆收入《二程全书》。

道人不是悲秋客，一任晚山相对愁

题淮南寺

宋・程颢

南去北来休便休，白蘋吹尽楚江秋。
道人不是悲秋客，一任晚山相对愁。

注释

淮南寺：地处淮南的寺庙，具体所指不详。

休便休：有能歇息的机会就歇息。

白蘋：开白花的水上浮萍。楚江：长江中下游的别称。

道人：有道之人，修道之人。这是诗人自称。悲秋客：因秋天到来而悲伤的人。宋玉《九辩》有“悲哉秋之为气也”等句，后人因此称其为悲秋客。

简析

前两句“南去北来休便休，白蘋吹尽楚江秋”，从北而来，向南而去，想休息便休息，自由自在，萧瑟秋风把江里的白蘋吹尽了，眼前是一片悲凉的晚秋景象，他身处秋气肃杀、万物凋零的深秋季节，丝毫没有悲哀凄凉的感觉，反而无忧无愁，安然处之。本来，诗人得休便休已经够洒脱了，再有后一句萧瑟景象的衬托，就更可以看出诗人自由自在、无忧无虑的生活态度。

“道人不是悲秋客，一任晚山相对愁”，在这里，诗人以道人自比，表现出诗人对闲适、飘逸、淡泊无求境界的向往。诗人之所以能够“南去北来休便休”，就是因为他不是见秋生悲的“悲秋客”，而是不以物喜或悲的道人。因此，当众人对秋生悲时，诗人自然无悲可言，“一任晚山相对愁”。此时，诗人远远望去，楚江两岸的山脉凄清寥落，像是在飒飒秋风中相对发愁。晚山本来不会悲愁，在超脱淡泊的道人看来，晚山也不会悲愁。在此，诗人没有直接去写愁容满面的“悲秋客”，而是通过“悲秋客”眼里所看到的秋暮中凄凉悲伤的景物来写“悲秋客”，这样写，更显示出诗人超然物外的潇洒飘逸。

苏轼

苏轼（1037—1101），字子瞻，号东坡居士。眉州眉山（今四川眉山）人。嘉祐二年（1057）进士，曾任凤翔府签判、密州知州、湖州知州、翰林学士、礼部尚书、兵部尚书等职。宋孝宗时追谥文忠。

苏轼与辛弃疾同为豪放词派代表，并称“苏辛”，与黄庭坚并称“苏黄”。其诗词题材广阔，清新豪健，善用夸张比喻，独具风格，诗文集有《苏东坡集》《苏轼文集》《苏轼诗集》，词集有《东坡乐府》。《全宋词》收其词约350首。

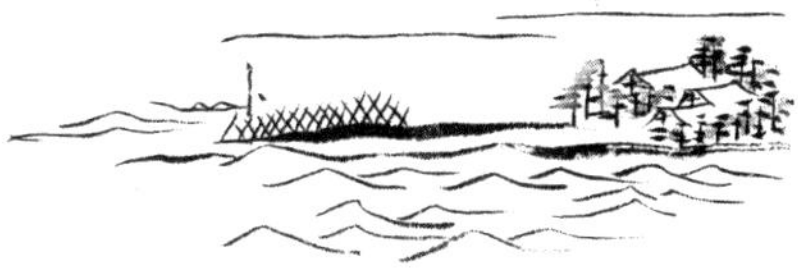

楚人悲屈原，千载意未歇

屈原塔

宋·苏轼

楚人悲屈原，千载意未歇。
精魂飘何处，父老空哽咽。
至今沧江上，投饭救饥渴。
遗风成竞渡，哀叫楚山裂。
屈原古壮士，就死意甚烈。

世俗安得知，眷眷不忍决。
南宾旧属楚，山上有遗塔。
应是奉佛人，恐子就沦灭。
此事虽无凭，此意固已切。
古人谁不死，何必较考折。
名声实无穷，富贵亦暂热。
大夫知此理，所以持死节。

注释

楚：楚国，楚地，如今的湖南湖北一带，也泛指南方。屈原：中国历史上第一位伟大的爱国诗人，生于公元前340年，死于公元前278年。战国时期楚国诗人、政治家，相传于农历五月五日投汨罗江自尽。

歇：停止，休止。《说文》：歇，息也。

精魂：精神魂魄。

沧江：泛指江河、江流，因为水为苍色，所以称“沧江”。沧：水深绿色，通“苍”。

投饭：投下饭食喂河里的动物让它们吃饱了就不再吃屈原的遗体。古时荆楚之人有在农历五月初五将煮好的糯米饭和蒸好的粽糕投入江中祭祀屈原的习俗。饥渴：饥饿的鱼龟虾蟹，属偏义复词，特指“饥”。

就死：赴死。就：即也。

眷眷：依恋反顾貌，带不舍之意。决：别也。

南宾：忠州南宾县，如今的四川丰都。当时诗人侍父入京做官，途经此地。

子：指屈原，屈原的精魂。沦灭：消亡，消失。沦：没也。

此事：指诗人猜测造塔原因这件事。

考：老，长寿。《说文》，考，老也。七十曰老。《说文序》中提到“考”属转注（古代造字方法之一）字，“考老是也”，正好呼应前句的“谁不死”，并与后面的“折”产生对比，两字才可以相较。

折：断，指死亡。

大夫：指屈原，屈原曾受楚怀王信任担任三闾大夫。

死节：为了保全气节、节操赴死。《楚辞·九章》：或忠信而死节兮。

简析

这首诗前八句写端午节投粽子，楚地的人都为屈原感到悲哀，这种情感千百年来一直没有停止。他的精神魂魄飘到了什么地方？只留父老在哽咽哭泣。直到今天，在苍绿色的江流上，人们还投下饭食喂饥饿的鱼龟虾蟹不让它们吃屈原的尸体。遗留下来的风俗成了比赛划龙舟，人们哀叫的声音甚至要把楚地的山震裂。

次八句推测屈原塔的来历。屈原是古时的豪迈之人，当时慷慨赴死的意图非常强烈。世上的俗人怎么能知道他这种想法呢，都以为屈原恋恋不舍，不愿意与这个世间告别。南宾县之前属于楚地，山上有留下来的古塔。这塔应该是侍奉佛祖的僧人担心屈原的精魂就要消散，所以修建的。

末八句赞美屈原不苟求富贵而追求理想的节操。这件事虽然没有凭据，但这份心意已经很真切了。古往今来的人有谁是不死的？没有必要去比较到底是长寿好还是死亡好。人的名声实在是不会消亡的，而身份、财富只是短暂的荣盛。屈原正是知道这个道理，所以即使是死也要保持自己的气节与节操。这首诗同时也表达了苏轼身处逆境，却保持乐观豁达的生活态度，对未来充满了希望的情感。

背景

和刘禹锡的遭遇一样，苏轼一生也历经多次贬谪，大半生不得志。苏轼写作此诗是在嘉祐四年（1059），当时，他还是意气风发的青年才士，两年前21岁的他，刚中了进士。这年冬天，苏轼侍父入京，途经忠州南宾县（今四川丰都），看到这个与屈原毫无关系的地方竟建有一座屈原塔，惊异之余，便写下了这首五言古诗。

人有悲欢离合，月有阴晴圆缺，此事古难全

水调歌头

宋·苏轼

明月几时有？把酒问青天。不知天上宫阙，今夕是何年。我欲乘风归去，又恐琼楼玉宇，高处不胜寒。起舞弄清影，何似在人间。

转朱阁，低绮户，照无眠。不应有恨，何事长向别时圆？人有悲欢离合，月有阴晴圆缺，此事古难全。但愿人长久，千里共婵娟。

注释

把酒：端起酒杯。把：执、持。

天上宫阙：指月中宫殿。阙：古代城墙后的石台。

归去：回去，这里指回到月宫里去。

琼楼玉宇：美玉砌成的楼宇，指想象中的仙宫。

不胜：经受不住。胜：承担、承受。

弄清影：意思是月光下的身影也跟着做出各种舞姿。弄：赏玩。

何似：何如，哪里比得上。

转朱阁，低绮户，照无眠：月儿移动，转过了朱红色的楼阁，低低地挂在雕花的窗户上，照着没有睡意的人（指诗人自己）。朱阁：朱红的华丽楼阁。绮户：雕饰华丽的门窗。

何事：为什么。

此事：指人的“欢”“合”和月的“晴”“圆”。

千里共婵娟：只希望两人年年平安，虽然相隔千里，也能一起欣赏这美好的月光。共：一起欣赏。婵娟：指月亮。

简析

这首词以“明月”贯穿全词，咏月兼怀亲人，表达了词人旷达的胸怀和乐观的情致。词的上阕写词人“欢饮”时的想象，刻画了一个空灵澄澈的境界，表达了词人对美好生活的向往和追求。“明月几时有，把酒问青天”，首句陡然发问，这是词人酒酣之时，对着皎洁的月亮所产生的遐思。“我欲乘风归去，又恐琼楼玉宇”，这两句设想，暗示了中秋之夜月色的明丽，夜气的清寒，又透露了词人对人间终不忍弃绝的复杂心情。

词的下阕写“无眠”时的思亲之情及对人生哲理的探求，“千里共婵娟”是词人从美好的想象中得到的人生慰藉。“转朱阁，低倚户，照无眠”——月光的移运，都是“无眠”者眼里看到的，可见“无眠”者久久不能入睡。“但愿人长久，千里共禅娟”，此句称得上是水到渠成。若是能够健康长久地生活着，那么，即使相隔千里，也能够共赏明月而得到些许安慰吧。这也正是词人的进一步自我解脱。这首词将写景、叙事、议论、抒情融为一体，虚实结合，富有人生哲理，也呈现出词人胸怀的超脱开阔。

背景

这首词写于宋神宗熙宁九年（1076）中秋，当时，词人在密州。苏轼曾经要求调任到离弟弟苏辙较近的地方为官，遗憾的是，这一愿望最终没有实现。公元1076年的中秋，词人面对一轮明月，心潮起伏，于是乘酒兴正酣，挥笔写下了这首千古名篇。

名家点评

〔宋〕胡仔：中秋词自东坡《水调歌头》一出，余词尽废。(《苕溪渔隐业话后集》卷三九)

〔宋〕吴潜：且唱东坡《水调》，清露下，满襟雪。(《霜天晓角》)

晏几道

晏几道（1038—1110），北宋著名词人。字叔原，号小山，抚州临川文港沙河（今属江西南昌进贤县）人。性孤傲，中年家境中落。与其父晏殊合称“二晏”。词风似父而造诣过之。工于言情，其小令语言清丽，感情深挚，尤负盛名。多写爱情生活，是婉约派的重要代表人物。有《小山词》留世。

九日悲秋不到心

鹧鸪天·九日悲秋不到心

宋·晏几道

九日悲秋不到心。凤城歌管有新音。风凋碧柳愁眉淡，露染黄花笑靥深。

初见雁，已闻砧。绮罗丛里胜登临。须教月户纤纤玉，细捧霞觞滟滟金。

注释

九日：指农历九月九日，即重阳节。魏晋以来诗题九日，多指重阳。

凤城：旧传秦穆公之女弄玉，吹箫引凤降于京城，称丹凤城。后遂称京都为凤城。

笑靥：脸上笑出的圆窝。

砧：捣衣石。

纤纤玉：指双手细白如玉。

霞觞：指美酒。滟滟金：指金黄色的酒浆。

简析

这首词是北宋词人晏几道所写的作为重九的应节之作。首句“九日悲秋不到心”画龙点睛，他人悲秋，位极人臣的蔡京置身于“绮罗丛里”，哪里会感受到秋的悲凉？晏几道这首词把悲秋、登高、怀人等传统的题材和写法统统抛却，一反常情，比如说“风凋碧柳愁眉淡，露染黄花笑靥深”说柳叶落是愁眉淡了，黄花开是笑靥深了，而且大肆渲染歌舞酒筵的豪华享乐气氛，简直把重阳写成了一个欢乐的节日，这一特点是很值得注意的。

王灼说小晏作此词“无一语及蔡者”，意思是说词人没有借机攀附权贵，是对词人的赞赏。然而，王灼似乎看得浅了。仔细品味起来，小晏非但没有阿谀蔡京，这种一反常规的写法，未尝不是对蔡京的讽刺：“九日悲秋不到心”，别人都悲秋，那是因为很多不如意，你蔡京位极人臣，百事顺遂，悲秋怎会到你的心上；而且还弦外有音地告诫居庙堂之高者：富贵怕见花开，“初见雁，已闻砧”，为政者不能一味粉饰太平，当见微知著！世人只知小晏词乃婉约正宗，却不知晏几道敢于捋虎须，这份不事权贵的磊落与轻狂，也实属难得。

背景

该词创作于北宋徽宗崇宁大观年间，即公元12世纪之初某一年的重阳节前，当时的权相蔡京派人请小晏填写新词，作为应节歌唱之用，小晏于是欣然为之作此篇。

名家点评

〔宋〕王灼：叔原年未至乞身，退居京城赐第，不践诸贵之门。蔡京重九、冬至日遣客求长短句，欣然两为作《鹧鸪天》，竟无一语及蔡者。(《碧鸡漫志》卷二)

黄庭坚

黄庭坚（1045—1105），字鲁直，号山谷道人，晚号涪翁，洪州分宁（今江西九江修水县）人，北宋著名文学家、书法家。黄庭坚的诗以唐诗的集大成者杜甫为学习对象，提出了“点铁成金”和“夺胎换骨”等诗学理论，成为江西诗派作诗的理论纲领和创作原则。其诗注重用字，讲究章法，法度严谨，说理细密，对后世的诗歌创作产生了深远的影响。

断崖苍藓对立久，冻雨为洗前朝悲

书摩崖碑后

宋·黄庭坚

春风吹船著浯溪，扶藜上读《中兴碑》。
平生半世看墨本，摩挲石刻鬓成丝。
明皇不作苞桑计，颠倒四海由禄儿。
九庙不守乘舆西，万官已作鸟择栖。
抚军监国太子事，何乃趣取大物为？
事有至难天幸耳，上皇跼蹐还京师。
内间张后色可否？外间李父颐指挥。

南内凄凉几苟活，高将军去事尤危。
臣结春秋二三策，臣甫杜鹃再拜诗。
安知忠臣痛至骨，世上但赏琼琚词。
同来野僧六七辈，亦有文士相追随。
断崖苍藓对立久，冻雨为洗前朝悲。

注释

藜：藜杖，即藜茎所做的拐杖。

摩挲：手轻按在物体上并缓慢地移动。

苞桑：亦作“包桑”，根深蒂固的桑树。《易经·否》：“其亡其亡，系于苞桑。”苞桑计：比喻牢靠的治国方略。

蹐：小步。

臣结：元结曾上表列述道州人民困苦，希望整肃吏治。

臣甫：杜甫有《杜鹃行》《杜鹃诗》，伤痛唐玄宗失位。

简析

这首诗的首句“春风吹船著浯溪，扶藜上读《中兴碑》”，用叙事的语气展开，很自然地入题，说到了春风把我的船吹到了浯溪岸边，我拄着拐杖上山，细细地读着崖上刻的《中兴碑》。后两句写见碑的感慨，用旁衬。我一生中有半世都只见到这碑的拓本，今天终于能亲手抚摸着石刻，可怜我双鬓已雪白如丝。

诗人从“明皇不作苞桑计，颠倒四海由禄儿”一连用十六句，倾吐由碑文内容而引起的怀古之思与感慨。前四句写安史之乱的缘起是由于明皇失政，宠用安禄山，终于酿成国变。次四句写唐肃宗恢复事，说他匆忙即位，徼天之幸，得以战胜，明皇成了太上皇，局促不安地回到京城。又次四句，写唐明皇内被张后欺负，外受李辅国颐指。末四句，写臣子元结、杜甫等忠君报国，但世人都不理解，只欣赏他们优美的文辞。诗人在这短短的篇幅之中可谓写尽了玄宗、肃宗二朝的史事。

“同来野僧六七辈”至末尾四句是一段，也是诗的煞尾。这段犹如古代游记笔法，在最后交代同游人，在风格上与首段遥相呼应。诗收得很平稳，说自己与同行人一起看碑，在断崖前经受着风雨的袭击，思念着唐朝这一段不堪回首的悲凉故事。“前朝悲”三字，总结了前面一大段怀古的内容，渲染了一种悲凉忧郁的气氛。

背景

这首诗是黄庭坚晚年的作品，诗人这时驾驭语言的艺术已达到了炉火纯青的程度。全诗洗尽铅华，归于自然，结构严谨，章法井然，叙事与议论相结合，概括了安史之乱前后的史实。

周邦彦

周邦彦（1056—1121），字美成，号清真居士，钱塘（今浙江杭州）人，北宋著名词人。周邦彦官历太学正、庐州教授、知溧水县等，少年时期个性较疏散，但喜欢读书。宋神宗时，写《汴都赋》赞扬新法，徽宗时为徽猷阁待制，提举大晟府（最高音乐机关）。

周邦彦精通音律，曾创作不少新词调，格律谨严，语言曲丽精雅，长调尤善铺叙，作品在婉约词人中长期被尊为"正宗"。旧时词论称他为"词家之冠"或"词中老杜"，是公认的"负一代词名"的词人，在宋代影响甚大。有《清真居士集》，已佚，今存《片玉集》。

跳脱添金双腕重，琵琶拨尽四弦悲

浣溪沙·争挽桐花两鬓垂

宋·周邦彦

争挽桐花两鬓垂，小妆弄影照清池。出帘踏袜趁蜂儿。
跳脱添金双腕重，琵琶拨尽四弦悲。夜寒谁肯剪春衣。

注释

浣溪沙：原为唐教坊曲名，后用为词牌名。正体双调四十二字，上片三句三平韵，下片三句两平韵。

挽：攀引、牵拉。桐花：桐树开的花。两鬟垂：古代未成年女子不绾发髻，两边鬟发下垂。

小妆：稍稍打扮。

踏袜：打着袜角，还没来得及穿鞋。趁：追逐。

跳脱：又称“条脱”，手镯。

拨尽：弹奏。

剪：裁制。

简析

这首词首句“争挽桐花两鬟垂，小妆弄影照清池”，向读者介绍了小歌女们的年龄，展现了她们的活泼神态。小女孩们争着嚷着摘下桐花插在垂着的两鬟上，稍事打扮便在清池边摆弄自己的身影。她们还没穿好鞋子，就踩着袜子蹦出门帘追逐蜜蜂。一个“弄”字，更是用得十分巧妙，勾勒出这群小女孩装模作样、顾影自怜的可爱相。“出帘踏袜趁蜂儿”是更有趣的一笔，她们为了追逐一只小小的蜜蜂儿，只打着袜脚，来不及穿鞋，就掀开帘子蹦跳出去了，表现出了小女孩们的天真无邪和机灵可爱。

词的下片“跳脱添金双腕重，琵琶拨尽四弦悲”，写小歌女练艺时的情况，佩戴的金手镯压得她们手腕很沉重，琵琶四弦拨出悲伤的音律。这“重”字一语双关，既是手上沉重，也是心中沉重。“悲”字也是双关，既是曲调之悲，也是女孩儿们内心的悲伤。结句“夜寒谁肯剪春衣”，晚上寒冷时谁肯为她们裁制春衣呢？表达了词人对小歌女们的怜惜之情。

这首词通过种种对比，以层层加深的笔法突出主旨。这样前面小歌女们的种种可爱和后面的悲惨遭遇，更能引起读者的怜爱与共鸣。

朱敦儒

朱敦儒（1081—1159），字希真，号岩壑，人称洛川先生。河南府洛阳（今属洛阳）人。官居兵部郎中、临安府通判、两浙东路提点刑狱等职。晚年受秦桧拉拢，复为鸿胪少卿，秦桧死，坐废。

朱敦儒诗词婉丽清畅，有“词俊”之名，与“诗俊”陈与义等并称为“洛中八俊”。有词集《樵歌》。

但愁敲桂棹，悲吟梁父，泪流如雨

水龙吟·放船千里凌波去

宋·朱敦儒

放船千里凌波去，略为吴山留顾。云屯水府，涛随神女，九江东注。北客翩然，壮心偏感，年华将暮。念伊嵩旧隐，巢由故友，南柯梦、遽如许！

回首妖氛未扫，问人间、英雄何处。奇谋报国，可怜无用，尘昏白羽。铁锁横江，锦帆冲浪，孙郎良苦。但愁敲桂棹，悲吟梁父，泪流如雨。

注释

吴山：江苏南部古为吴地，吴山即泛指是处诸山。

水府：水神所居府邸。

神女：指湘妃、洛神一类水中仙子。

九江：长江至浔阳分为九派东流，毛泽东《菩萨蛮·黄鹤楼》："茫茫九派流中国，沉沉一线穿南北。"

伊嵩：伊阙与嵩山。伊阙，今龙门石窟所在地，伊水西流，香山与龙门山两岸对峙，宛如门阙，故名伊阙。

巢由：巢父与许由，皆尧时隐士也。

南柯梦：李公佐《南柯记》载淳于棼梦为南柯太守、享尽荣华，醒后方知为一梦之事。后常以之喻已逝去的往日情状。

妖氛：指金兵南侵气焰。

白羽：白羽箭。尘昏白羽指战局不利。

铁锁横江：三国后期，司马炎篡魏灭蜀，唯东吴未平。吴主孙皓守将吾彦以铁索横江，欲以天险阻敌，然终为王濬所破。

孙郎良苦：三国时吴主孙皓闻晋军沿江来犯，遂以铁索横江拒敌，惜为晋人所破。此处暗喻宋为金所迫局面。

梁父：梁父吟，又名梁甫吟，原汉乐府的曲名，传乃诸葛亮所作。喻功业未成而怀匡时之志也。

简析

这首词的上片主要写去国离乡之感。开篇就介绍了词人乘风破浪顺流东下，经过吴山只是稍微地浏览了一下景色，向读者交代了地点。"云屯水府，涛随神女，九江东注"，描绘了天空高远，云垂欲雨；江面空阔，波滚浪翻的景象；暗示了词人的郁闷之情和茫然之感。紧接着词人又想到往昔繁华的洛阳，回忆起“伊嵩旧隐，巢由故友”。词人不禁感慨万分，悲痛不已。

下片描述的是对国事的关怀和报国无路的悲痛。“回首妖氛未扫，问人间、英雄何处”，词人疾声高呼抗金的英雄在何处呢？“奇谋报国，可怜无用，尘昏白羽”，这三句既是对抗金英雄的不幸遭遇的惋惜，同时也是表达自己报国无路的悲痛之情。结尾几句词人想到晋灭吴的历史事件，只能敲着船像当年隐居南阳、关心天下大事的诸葛亮一样悲吟《梁父》诗罢了。表达了词人沉痛而绵长的愤懑。

这首词大量运用了用典的表现手法。比如说“南柯梦”是写现实的动乱打破了词人的好梦，回首往事，自不免有南柯梦短的伤感，叹惋时光的流逝，有烈士暮年之悲。“奇谋报国，可怜无用，尘昏白羽”，说诸葛亮奇谋报国，仍不免赍志而殁，隐喻自己虽有长才也难有机会施展。“铁锁横江，锦帆冲浪，孙郎良苦”，写东吴败亡的历史教训，吴主孙皓凭借长江天险，且有“铁锁横江”，但还是未能挡住西晋王睿冲浪而来的战船，落了个可悲下场。这里可以隐约看出词人对南宋小朝廷的担忧。

背景

宋钦宗靖康元年（1126），金兵大举南侵，洛阳、汴京一带，均遭兵燹。不久，汴京沦陷。朱敦儒携家南逃，先到淮海地区，后渡江至金陵。又从金陵沿江而上，到达江西。这首词具体写作年月虽不可考，但从词的内容看，似是他离开淮海、沿江东下金陵时所作。

李清照

李清照（1084—1155），字易安，号易安居士，齐州章丘（今属山东省济南市）人。早期生活优裕，与夫赵明诚共同致力于书画金石的搜集整理。金兵入据中原，流寓南方，明诚病死，境遇孤苦。

李清照是宋代女词人，婉约词派代表。所作词，前期多写其悠闲生活，后期多悲叹身世，情调感伤，也流露出对中原的怀念。其词形式上善用白描手法，自辟途径，语言平易清新而内蕴丰富，形成独具特色的“易安体”。《全宋词》收其词50余首。

今年瘦，非干病酒，不是悲秋

凤凰台上忆吹箫·香冷金猊

宋·李清照

香冷金猊，被翻红浪，起来人未梳头。任宝奁闲掩，日上帘钩。生怕闲愁暗恨，多少事、欲说还休。今年瘦，非干病酒，不是悲秋。

明朝，这回去也，千万遍阳关，也即难留。念武陵春晚，云锁重楼，记取楼前绿水，应念我、终日凝眸。凝眸处，从今更数，几段新愁。

注释

凤凰台上忆吹箫：词牌名。此调始见于《晁氏琴趣外篇》。

金猊：狮形铜香炉。

红浪：红色被子乱摊在床上，有如波浪。

宝奁：华贵的梳妆镜匣。

干：关涉。

阳关：语出《阳关三叠》。王维《送元二使安西》诗："渭城朝雨浥轻尘，客舍青青柳色新。劝君更尽一杯酒，西出阳关无故人。"后据此诗谱成《阳关三叠》，为唐宋时的送别之曲。此处泛指离歌。

也即：依旧。

云锁重楼：独居妆楼。

眸：指瞳神。《说文》："目童（瞳）子也。"指眼珠。《景岳全书》卷二十七引龙木禅师语曰："……人有双眸，如天之有两曜，乃一身之至宝，聚五脏之精华。"

简析

这首词的上片很好地抓住了生活的细节。香消烟冷，无心再焚；锦被乱陈，无心折叠；髻鬟蓬松，无心梳理；宝镜尘满，无心拂拭；日上三竿，未觉光阴催人。通过生活细节写出了词人与丈夫临别时怅然若失、百无聊赖的心情。因为"离别"，"多少事、欲说还休"，万种愁情，一腔哀怨，本想在丈夫面前尽情倾吐，可是话到嘴边，又吞咽下去。词情又多了一层波折，愁苦又加重了一层。“今年瘦”不是因为生病、喝酒，也不是因为悲秋，从反面婉转道出憔悴的原因是伤离别。因离别身体急遽消瘦，把词人的离情推向高潮。

词的下片“明朝，这回去也，千万遍阳关，也即难留”，这回离别一走就这样算了吧，千万遍地唱起那首《阳关三叠》，也终究还是难以挽留。“念武陵春晚，云锁重楼”一句运用了用典和拟人的写作手法。你离开桃源仙境一去难回头，我这里凤去楼空烟雾锁空楼。而结尾三句又使情思荡漾无边，留有不尽意味。深入地渲染了离愁别念，写出了那种刻骨铭心的离愁别恨。

背景

这是李清照早期的作品，写于今山东青州。自公元1107年起，李清照与赵明诚屏居乡里十余年。

据陈祖美《李清照简明年表》：“公元1118至1120年（重和元年至宣和二年），这期间赵明诚或有外任，清照独居青州。是时明诚或有蓄妾之举。作《点绛唇》《凤凰台上忆吹箫》等。”

而刘忆萱在《李清照诗词选注》中认为此词作于赵明诚赴莱州任职之际，时间约为宣和三年（1121）。

名家点评

〔明〕茅映：出自然，无一字不佳。(《词的》卷四）

〔明〕李攀龙：（眉批）非病酒，不悲秋，都为苦别瘦。又：水无情于人，人却有情于水。（评语）写出一腔临别心神。而新瘦新愁，真如秦女楼头，声声有和鸣之奏。(《草堂诗馀

隽》卷二）

〔清〕邹祗谟：清照原阕，独此作有元曲意。阮亭（王士祯）此和不但与古人合缝无痕，殆戛戛上之。清照而在，当悲暮年颓唐矣。（《倚声初集》卷十六）

赵鼎

赵鼎（1085—1147），南宋解州闻喜东北（今属山西闻喜礼元镇阜底村）人。字元镇，号得全居士，是宋高宗时期的政治家、词人。崇宁五年（1106）登进士第，累官河南洛阳令。后因反对和议，为秦桧所陷害，后不食而卒，年六十三。宋孝宗时，追赠太傅、丰国公，赐谥“忠简”，为昭勋阁二十四功臣之一，并被称为南宋中兴贤相之首。

与李纲、胡铨、李光并称为南宋四名臣。赵鼎善文、诗、词，著有《忠正德文集》《得全居士词》等。

天涯海角悲凉地，记得当年全盛时

鹧鸪天·建康上元作

宋·赵鼎

客路那知岁序移，忽惊春到小桃枝。天涯海角悲凉地，记得当年全盛时。

花弄影，月流辉，水精宫殿五云飞。分明一觉华胥梦，回首东风泪满衣。

注释

建康：今南京市。

上元：指元宵节。

那：也写作“哪”。岁序：岁时的顺序，岁月。

小桃：初春开花的一种桃树。

悲凉地：指建康（今南京市）。

水精宫殿：用水晶装饰的宫殿，形容极其豪华辉煌，泛指宋汴京宫殿。五云：五色瑞云，多指吉祥征兆，代指皇帝所在地。

华胥梦：指梦境。

简析

这首词上片写南渡后客居的悲凉，前两句“客路那知岁序移，忽惊春到小桃枝”，被贬做客的途中哪有心思去记节气时序的变迁，忽然惊喜地发现艳丽的春光全都凝结到小桃枝上。“惊”字用得最好。“惊”字与首句的“那知”相呼应，不但表现了时序推移之速，而且写出了如梦初醒之情态，充分表达了词人恨时思国的爱国情怀。紧接着两句写出了词人有家不得归的痛苦和面对建康上元节时的凄凉景况而生出对过去的怀恋。

下片转写当年全盛时的欢乐，“花弄影，月流辉，水精宫殿五云飞”，描绘了月夜下繁花舞弄着清影，月光流泻出琼玉般的银辉，月色下的宫殿如水晶般晶莹，五色祥云楼顶飞扬的画面。词人并未以实笔具体描写元宵之夜，而是避实就虚，写花枝袅娜，月光皎洁，宫殿华丽，云彩绚丽。从虚处着笔，此词就避免了一般化，令人读后有新颖之感，并能唤起美好的联想。结尾两句又从欢乐的高潮跌入悲怆的深渊：以今日之悲凉对比昔日之全盛，以往昔之欢乐对比现实之悲哀。对比手法使词人冲破了时空的束缚，把悲国之思、爱国之情表达得淋漓尽致。

背景

宋钦宗靖康二年（1127）春，北宋灭亡，宋室南迁。是年秋，赵鼎南渡，沿水路至仪真，作者大约于年底或次年初至建康，于上元节（元宵节）之夜写下了这首抒发故国之思的词作 。

名家点评

〔清〕况周颐：清刚沉至，卓然名家。故君故国之思，流溢行间句里。(《蕙风词话》卷二)

陈与义

陈与义（1090—1138），字去非，号简斋，其先祖居京兆（今陕西西安），后迁居洛阳，故为洛（今河南洛阳）人。北宋末、南宋初年的杰出诗人，同时工于填词。其词存于今者虽仅10余首，却别具风格，尤近于苏东坡，语意超绝，笔力横空，疏朗明快，自然浑成，著有《简斋集》。

白头吊古风霜里，老木沧波无限悲

登岳阳楼

宋·陈与义

洞庭之东江水西，帘旌不动夕阳迟。
登临吴蜀横分地，徙倚湖山欲暮时。
万里来游还望远，三年多难更凭危。
白头吊古风霜里，老木沧波无限悲。

注释

帘旌：酒店或茶馆的幌子。夕阳迟：夕阳缓慢地下沉。迟：缓慢。

吴蜀横分地：三国时吴国和蜀国争夺荆州，吴将鲁肃曾率兵万人驻扎在岳阳。横分：这里指瓜分。

徙倚：徘徊。

三年多难：宋钦宗靖康二年（1127）春天北宋灭亡，到写此诗时已有三年。凭危：指登楼。凭：靠着。危：指高处。

吊古：凭吊往事。

简析

首联“洞庭之东江水西，帘旌不动夕阳迟”，巍巍岳阳楼矗立在洞庭湖之东长江之西，夕阳黄昏，没有晚风卷起，楼阁上的招牌静止不动。“帘旌”为近景，“夕阳”为远景，近景远景合而为一，可以想见诗人的视线由近及远逐渐放开，融入那苍茫的暮色中。不动的帘旌，表明湖面风平浪静；迟落的夕阳，提示着傍晚的安详。颔联“登临吴蜀横分地，徙倚湖山欲暮时”，意为登临当年吴国和蜀国的分界之处（荆州），在湖山黄昏下徘徊。

颈联“万里来游还望远，三年多难更凭危”，行程万里，今日登高远望是什么心绪？为避战乱我奔波三年。“万里”与“三年”对举，收到了双重的艺术效果，分别从空间和时间跨度上道出了自己背井离乡、漂泊不定的遭遇，充满了无尽忧愤之情。尾联“白头吊古风霜里，老木沧波无限悲”，登楼凭吊古人，我自己已是两鬓如霜，看着远山的古树，青苍中，隐含无限的伤悲。“风霜”一语双关，明指自然事物，实喻社会现实，表达无限悲凉的身世之慨。而“老木苍波”更是诗人形象的一件外衣，无限悲恨，尽在不言中。

张元干

张元干（1091—约1161），芦川永福人（今福建永泰嵩口镇月洲村人）。字仲宗，号芦川居士、真隐山人，晚年自称芦川老隐。历任太学上舍生、陈留县丞，与张孝祥一起号称南宋初期“词坛双璧”。张元干博览群书，文学修养很高，他能诗、能词、能文，其著作有《芦川归来集》10卷、《芦川词》2卷，计180余首，内容十分丰富。他尤长于词，其作品中的两首《贺新郎》最为著名，被称为压卷之作。

万古只青天，多事悲人境

卜算子·风露湿行云

宋·张元干

风露湿行云，沙水迷归艇。卧看明河月满空，斗挂苍山顶。
万古只青天，多事悲人境。起舞闻鸡酒未醒，潮落秋江冷。

注释

湿：衣服沾湿。

沙水：即沙溪，闽江上源之一。归艇：归来的小舟。

明河：银河。

斗：指北斗星。

多事：这里指国家多难。

起舞闻鸡：晋代祖逖与刘琨俱为司州主簿，共被同寝，中夜闻鸡起舞。晋元帝时，祖逖自请统兵北伐，渡江时击楫立誓说，不靖中原而复渡者，有如此江。事见《晋书·祖逖传》。这里借用来抒发词人不能实现北伐中原的爱国抱负而感到愁苦的心情。

简析

这首词的上片主要是写景。“风露湿行云，沙水迷归艇”句意为：独自摇荡着一叶小舟在静夜里归来，爽风夜露，行云舒卷；沙溪上，飘浮着淡淡的雾气，使小舟迷失了归路。一起句，词人就用“风露”“云”“水”“艇”几个字，淋漓地描绘出了一幅夜间泛舟归来清幽、静逸的画面，显然是环绕着归艇来布景的。紧接着词人又写小艇既已迷失航路，人也好借此机会躺上一躺，于是，枕着小舟，抬眼望去，那深远的天宇上，银河横亘，月华明朗，北斗七星闪烁在静穆的苍山顶上。表现出一种悠然闲适的态度。

词的下片开始抒情。“万古只青天，多事悲人境”，历史长河悠悠流转，唯有那茫茫苍天永存，在这个多灾多难的时代，人生境况是如此悲凉。到此句，着一悲字，则前面的静非静，闲也非闲了。最后两句“起舞闻鸡酒未醒，潮落秋江冷”化用祖逖的典故，表现词人胸怀大志，而报国之志难以实现，内心悲愤无奈。而且寓情于景，描写江湖的退落和秋江的冷寂，委婉地表达了词人面对国势衰退内心的悲凉，寄寓了浓郁的爱国情感。

背景

张元干于绍兴元年（1131）41岁时辞官还乡，这首词作于休官里居以后。该词表达了词人国事多难却不能实现北伐中原爱国抱负的苦闷心情。

天意从来高难问，况人情、老易**悲**如许

贺新郎·送胡邦衡待制赴新州

宋·张元干

梦绕神州路。怅秋风、连营画角，故宫离黍。底事昆仑倾砥柱。九地黄流乱注。聚万落、千村狐兔。天意从来高难问，况人情、老易悲如许。

更南浦，送君去。凉生岸柳催残暑。耿斜河、疏星淡月，断云微度。万里江山知何处。回首对床夜语。雁不到、书成谁与。目尽青天怀今古，肯儿曹、恩怨相尔汝。举大白，听金缕。

注释

梦绕神州路：连做梦也忘不了中原地区。神州：一般指中国，这里专指被金兵占领的中原。

“怅秋风”三句：只恨在萧瑟的秋风中，处处兵营都发出悲哀的号角声，那汴京的宫殿都荒芜了。怅：心里愁闷。画角：号角。故宫：北宋都城汴京（今河南开封）。离黍：长满

了庄稼。

“底事昆仑倾砥柱”二句：稳定如山的北宋怎么会一朝倾覆，让金兵在中原到处乱窜呢？底事：何事。昆仑：昆仑山，喻北宋王朝。砥柱：砥柱山，在黄河中。九地：遍地。黄流：黄河水，这里指金兵。乱注：到处流。

狐兔：指金兵。

天意从来高难问：皇帝高高在上，他的意图没人了解。

况人情、老易悲如许：更何况人们很快忘记了亡国之恨。

更：再。南浦：送别的码头。

耿：明亮。斜河：银河斜转（夜深了）。

断云微度：一朵朵浮云缓慢飘过去。

万里江山知何处：江山阻隔，相距万里，知道你在哪里呢？

回首：回忆。对床夜语：对躺在床上谈话到深夜。

“雁不到”二句：（你去的地方）大雁也飞不到，写好的信交给谁？

“目尽青天”一句：远望天空，想到古今世态的变化。

肯儿曹、恩怨相尔汝：（我们谈的都是国家大事）怎么能像孩子那样只顾说个人恩怨呢？

大白：酒杯。

金缕：《金缕曲》就是《贺新郎》词牌的别名。

简析

张元干的这首送别词与通常婉约之作迥然不同，满纸忠愤，慷慨悲凉，具有震撼心弦的力量。“梦绕神州路。怅秋风、连营画角，故宫离黍”，介绍了南宋当时面临的严峻局势。紧接着又发出质问，为何似昆仑天柱般的黄河中流之砥柱，竟然崩溃，以致浊流泛滥，使中原人民遭受痛苦，使九州之土全成沉陆？“更南浦，送君去。凉生岸柳催残暑”二句，始入送别正题，间又无知己，只得胡公一人，同在福州，而今胡公又离然分别。词人别出心裁地将送别场面置于广阔的时代背景之下，突出了送别的意义，充满悲壮感。

词的下片饱含了对胡铨（字邦衡）前途命运的牵挂与担忧以及对挚友面对厄运的支持与激励。词人悲哀地说知道胡公流落之地，与自己相距万里，想在一块儿共吐心事，如朋友、兄弟之共事，已经是不可能了！但话锋一转又写道“目尽青天怀今古，肯儿曹、恩怨相尔汝”，我们关注的是天下古今大事，怎么能像小孩子那样只顾个人的恩怨呢？词人在这里强忍内心的悲痛而大发豪迈之言，令人不禁为二人之间的深厚友谊所感动。

背景

在北宋灭亡、士大夫南渡的这个时期，慷慨悲壮的忧国忧民的词人们，名篇迭出。张芦川有《贺新郎》之作，先以“曳杖危楼去”寄怀李纲，后以“梦绕神州路”送别胡铨，两词尤为悲愤痛苦，感人肺腑。高宗绍兴十二年（1142），因反对“和议”、请斩秦桧等三人而贬为福州签判的胡铨，再次遭遣，除名编管新州（今广东新兴），芦川作此词以相送。

两宫何处，塞垣祇隔长江，唾壶空击悲歌缺

石州慢·己酉秋吴兴舟中作

宋·张元干

雨急云飞，惊散暮鸦，微弄凉月。谁家疏柳低迷，几点流萤明灭。夜帆风驶，满湖烟水苍茫，菰蒲零乱秋声咽。梦断酒醒时，倚危樯清绝。

心折。长庚光怒，群盗纵横，逆胡猖獗。欲挽天河，一洗中原膏血。两宫何处，塞垣祇隔长江，唾壶空击悲歌缺。万里想龙沙，泣孤臣吴越。

注释

己酉：宋高宗建炎三年（1129）。吴兴：今浙江湖州。

惊散暮鸦：傍晚的乌鸦被惊散。

低迷：模糊的样子。

菰蒲：菰草和蒲草。秋声咽：西风声音凄切。

危樯：船上高耸的桅杆。

心折：心中摧折，伤心至极。江淹《别赋》：“使人意夺神骇，心折骨惊。”

长庚：金星。据《史记·天官书》载，金星主兵戈之事。

群盗：宋高宗建炎二年（1128）十二月，济南知府刘豫叛宋降金。三年（1129），苗傅、刘正彦作乱，逼迫高宗传位太子，兵败被杀。

猖獗：亦作“猖蹶”，任意横行。

两宫：指徽、钦二帝。

塞垣：南宋与金国，夹岸陈兵，只隔长江一水。塞：边境。

唾壶：旧时一种小口巨腹的吐痰器皿。晋朝大将王处仲（王敦）每酒后辄咏“老骥伏枥，志在千里”，一边吟咏一边用如意敲打唾壶，壶口都给敲碎了，借喻词人自己不能亲自杀敌雪耻的悲愤心情。

龙沙：沙漠边远之地，指徽、钦二帝被幽囚之所。

孤臣：词人自指。吴越：古代的吴国、赵国，今江浙一带，为南宋朝廷所在地。

简析

词人在这首词的上阕用色彩黯淡的笔调勾画出在舟中所看到的夜景，雨霁凉月，疏柳低垂，流萤明灭，菰蒲零乱，烟水苍茫，秋声呜咽，一切都阴冷而凄凉。其意味深长，又非画图可以比拟。“雨急云飞，惊散暮鸦”，一开篇就暗示读者，这是一阵狂风骤雨后的宁静，是昏鸦乱噪后的沉寂。“满湖烟水苍茫，菰蒲零乱秋声咽”，展现的是一片江湖大泽，渲染了一种凄伤清绝的氛围，暗示了时局的动荡和自身的颠沛流离。在写景的同时又显现着在景中活动着的人物形象，静中有动，动静结合。

词的下阕“心折。长庚光怒”上承夜景，下转入对时事的感慨和愤怒。群盗纵横的内忧和逆胡猖獗的外患都让词人心痛不已。“两宫何处，塞垣祇隔长江，唾壶空击悲歌缺”，徽、钦二帝现在又在何处？目前南宋和金的边境只有一江之隔，形势更是十分危急。而自己再有壮志也不过与南朝时的王处仲一样，白白击碎唾壶，空有决心而无所可为，甚至还不如王处仲，连悲歌也是欲唱不能。蕴含了词人对统治者偏安江南，不思迎回徽、钦二帝和收复失地的愤慨。最后两句总结全词：“万里想龙沙，泣孤臣吴越。”表现了对国家前途命运的忧虑和希望洗雪国耻却壮志难酬的悲痛。

背景

宋高宗建炎三年（1129，即己酉年）春天，金兵大举南下，直逼扬州。高宗（南宋开国皇帝赵构）从扬州渡江南下，狼狈南逃，这时长江以北地区全部被金兵占领。词人为了避难而南行，是年秋天在吴兴（今浙江湖州）乘舟夜渡，感慨时事心生悲哀，写下了这首悲壮的词作。

名家点评

〔宋〕蔡戡：善作长短句，其忧国爱君之心，愤世嫉邪之气，间寓于歌咏。(《芦川居士词序》)

〔清〕陈廷焯：忠爱根于血性，勃不可遏。(《词则·放歌集》卷一)

好是悲歌将进酒，不妨同赋惜余春

瑞鹧鸪·彭德器出示胡邦衡新句次韵

宋·张元干

白衣苍狗变浮云，千古功名一聚尘。好是悲歌将进酒，不妨同赋惜余春。

风光全似中原日，臭味要须我辈人。雨后飞花知底数，醉来赢取自由身。

注释

苍：灰白色。苍狗：飘动的云。

一聚尘：比喻功名就像是一堆积聚起来的尘土。

将进酒：汉府鼓吹铙歌曲调名。古辞大略以饮酒放歌为内容。这里是借用字面的语义。

惜余春：词调名，一名“惜余春慢”。这里也是借用字面的语义。

中原：指北宋都城汴京及其附近一带。这句慨叹眼前风光虽与往年相同，世事却起了巨大的变化。

臭味：气味相同，志趣相投。要须：总须。

底数：多少。

简析

这首词主要写了对世事变迁的感慨，借以突出了词人内心之中的悲愤之情，开头“白衣苍狗变浮云，千古功名一聚尘”化用了杜甫的诗句，反映了时事的变幻莫测。千古以来的功名，那不过是一堆尘土。蕴含着极为广泛的社会内容，引起人们无限的联想。紧接着词人在“好是悲歌将进酒，不妨同赋惜余春”中进一步借用古诗来抒发词人对政治上遭受迫害的愤慨，第四句中的“同赋惜余春”，既紧扣题目“次韵”二字，又暗含词人与胡邦衡有相同的命运、相同的情感之意。

“风光全似中原日，臭味要须我辈人”句中“似”字用得十分的巧妙。表达出景物依旧，人事已非，眼前景物依旧，而世事却发生了巨大的变化。抒发了词人对中原风光的思念和对山河破碎的无限痛惜。最后抒写暮春时节对无数落花的惋惜之情，也暗点了对南宋小朝廷前途暗淡的忧虑。

总体来说，这首词的构思新颖，融世事于风景之中，表达了词人对千古志士以及自己政治理想破灭的悲伤和对远贬的友人深切的同情、怀念、安慰，以及自己在政治上遭受迫害、抑郁不得志的愤慨。

背景

胡铨是词人的朋友，他被贬到新州以后，继续写了一些慨叹国事的词作。这些词作通过彭德器传到了张元干手中。他读后感慨万千，情不自禁地写下了这首和韵词。

岳飞

岳飞（1103—1142），字鹏举，宋相州汤阴县（今河南汤阴县）人，抗金名将。历任清远节度使、开府仪同三司、少保、枢密副使等职。宋高宗绍兴十二年（1142），被秦桧以“莫须有”罪名杀害。《全宋词》收其词3首。代表词作《满江红·写怀》，是千古传诵的爱国名篇。

莫等闲，白了少年头，空悲切

满江红·写怀

宋·岳飞

怒发冲冠，凭栏处、潇潇雨歇。抬望眼，仰天长啸，壮怀激烈。三十功名尘与土，八千里路云和月。莫等闲，白了少年头，空悲切！

靖康耻，犹未雪。臣子恨，何时灭！驾长车，踏破贺兰山缺。壮志饥餐胡虏肉，笑谈渴饮匈奴血。待从头、收拾旧山河，朝天阙。

注释

怒发冲冠：形容愤怒至极。

潇潇：形容雨势急骤。

长啸：感情激动时撮口发出清而长的声音，为古人的一种抒情之举。

等闲：轻易，随便。

靖康耻：宋钦宗靖康二年（1127），金兵攻陷汴京，掳走徽、钦二帝。

贺兰山：在今宁夏回族自治区。

天阙：宫殿前的楼观。

简析

这首词的上片主要抒发词人为国立功满腔忠义奋发的豪气。“怒发冲冠，凭栏处、潇潇雨歇”以愤怒填膺的肖像描写起笔，在一片风雨凄迷中，词人仿佛看到了中原人民在金兵铁蹄蹂躏下辗转呼号的悲惨境遇，以至于“怒发冲冠”。前几句开篇奇突。凭栏眺望，胸怀全局，正英雄本色。“抬望眼，仰天长啸，壮怀激烈”，情绪已升温至高潮。接下来几句词人反思以往，包罗时空，既反映转战之艰苦，又谦称建树之微薄，激越中微含悲凉。

下片主要抒写了词人重整山河的决心和报效君王的耿耿忠心。一上来词人连用四个短句，这种以天下为己任的崇高胸怀，令人扼腕。“驾长车，踏破贺兰山缺”更是豪气直冲云霄，让人为之心折。“壮志饥餐胡虏肉，笑谈渴饮匈奴血”虽是夸张，却表现了词人足以震慑敌人的英雄主义气概。最后两句饱含了词人报效朝廷的一片赤诚之心。肝胆沥沥，感人至深。这首词抒发了词人壮志未酬，岁月空逝的悲愤，表达了报仇雪耻、收复河山、统一祖国的雄心壮志。

背景

关于此词的写作时间有三种说法。

第一种说法：岳飞第一次北伐，即岳飞30岁出头时所作。

第二种说法：绍兴六年（1136）。绍兴六年，岳飞第二次出师北伐，很快发现自己是孤军深入，既无援兵，又无粮草，不得不撤回鄂州（今湖北武昌）。此次北伐，岳飞壮志未酬，镇守鄂州时写下了千古绝唱的名词《满江红》。

第三种说法：《满江红》创作的具体时间应该是在岳飞入狱前不久。

陆游

陆游（1125—1210），字务观，号放翁，越州山阴（今浙江绍兴）人，南宋爱国诗人。历任福州宁德县主簿、敕令所删定官、隆兴府通判等职，因坚持抗金，屡遭主和派排斥。陆游性格豪放，胸怀壮志，在诗歌风格上追求雄浑豪健，形成了气势奔放、境界壮阔的诗风。其诗语言平易晓畅，章法整饬谨严，在南宋诗坛占有重要的地位。

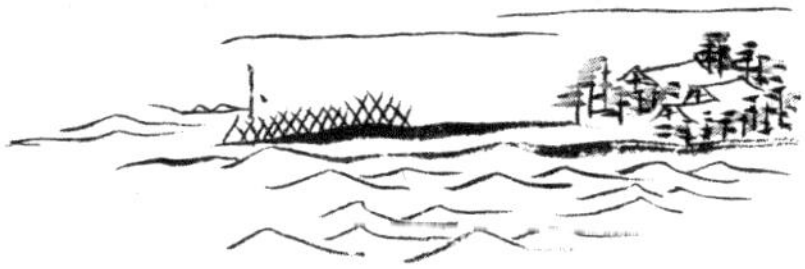

死去元知万事空，但悲不见九州同

示儿

宋·陆游

死去元知万事空，但悲不见九州同。
王师北定中原日，家祭无忘告乃翁。

注释

示儿：告诉儿子们。

元：同“原”，本来。万事空：什么都不存在。

但：只。悲：悲伤。九州：古代中国分为九州，所以常用九州指代中国。同：统一。

王师：指南宋朝廷的军队。北定：收复。

家祭：家里祭拜祖先。 乃翁：老人自称，指陆游自己。

简析

这首诗其实是爱国诗人陆游临终写给儿子的遗嘱，以其“悲”来表现诗人强烈的爱国感情。首句“死去元知万事空”，表明诗人即将离开人世，就什么都没有了，万事皆空，用不着牵挂了，从中体会诗人那种悲哀凄凉之心情。表现了诗人生无所恋，死无所畏的生死观。“但悲不见九州同”，描写诗人的悲怆心境，唯一使我痛心的，就是我没能亲眼看到国家的统一。“悲”字深刻反映了诗人内心的悲哀、遗憾之情，从中可以体会到诗人的那种不甘。

后两句“王师北定中原日，家祭无忘告乃翁”，当朝廷军队收复中原失地的那一天到来之时，你们举行家祭，千万别忘把这好消息告诉你们的父亲！表现出诗人对收复失地、祖国统一的无限希望和坚定信念。驱除敌虏、统一河山的强烈愿望，在他心里始终没有动摇过。这充分体现了年迈衰老的陆游强烈的爱国之情、怜惜之情和悲伤之情！总体来说，这首诗表达了诗人至死念念不忘“北定中原”、统一国家的深挚强烈的爱国激情。语言浑然天成，明白晓畅，没有丝毫雕琢，全是真情的自然流露，催人泪下。

背景

此诗作于宁宗嘉定三年（1210），此年陆游89岁，卧病在床。他一生爱国，在弥留之际，仍然念念不忘被女真人霸占的中原领土和人民，热切地盼望着国家的重新统一。因此他特地写这首诗作为遗嘱，谆谆告诫自己的儿子，在家里祭祀的时候，不要忘记把这一消息告诉九泉下的自己。

杨万里

杨万里（1127—1206），字廷秀，号诚斋，吉州吉水（今江西吉水）人，南宋爱国诗人。与陆游、尤袤、范成大并称“南宋四大家”（又作“中兴四大诗人”）。杨万里一生作诗2万多首，传世作品有4200首，被誉为一代诗宗。其诗大多描写自然景物，语言浅近明白、清新自然。

秋气堪悲未必然，轻寒正是可人天

秋凉晚步

宋 · 杨万里

秋气堪悲未必然，轻寒正是可人天。
绿池落尽红蕖却，荷叶犹开最小钱。

注释

可人：合人意。

红蕖：蕖是荷花。红蕖，就是红色的荷花。却：在这里是完、尽的意思。

最小钱：新出荷叶才像小铜钱那么大。

简析

首两句“秋气堪悲未必然，轻寒正是可人天”，秋风飒飒，秋雨潇潇，一切都显得那么凄凉冷落，所以，秋天是最容易让人产生悲凉情绪的时候，而诗人却在诗中说，人们以为秋气使人悲哀，其实未必是这样，轻微地有一点寒意，这不正是气候宜人的季节吗？从第一、二句的“未必然”和“可人天”采用的对比手法，可看出诗人是在赞美秋天，对秋天充满着乐观的情绪，表达了诗人身处逆境却奋发向上的乐观豁达的生活态度和思想感情。

最后两句“绿池落尽红蕖却，荷叶犹开最小钱”，绿色池塘里的红色荷花虽然都落尽了，但荷叶还有新长出来的如铜钱那么圆的小叶片。诗人在这里运用比喻，生动形象地写出了荷叶还有新长出来的如铜钱那么圆的小叶片，一派生机勃勃，孕育希望的景象。借荷叶在秋季“犹开最小钱”，展现了秋季的生命力。本诗中，诗人还运用了寓情于景的写法，把要表达的感情通过景物表达出来，充分表达了诗人乐观、豁达的人生态度。由于诗人观察细致深入，描写生动逼真，感情真挚浓厚，因而意趣盎然，颇能动人。

张孝祥

张孝祥（1132—1169），简州（今属四川）人，生于明州鄞县。字安国，号于湖居士，南宋著名词人、书法家。父亲张祁，任直秘阁、淮南转运判官。少年时阖家迁居芜湖（今安徽芜湖）。绍兴二十四年（1154）廷试，高宗（赵构）亲擢为进士第一。乾道五年（1169）以显谟阁直学士致仕。是年夏于芜湖病死，葬南京江浦老山，年38岁。其才思敏捷，词豪放爽朗，风格与苏轼相近，著有《于湖集》40卷、《于湖词》1卷。《全宋词》辑录其223首词。

幽壑鱼龙悲啸，倒影星辰摇动，海气夜漫漫

水调歌头·金山观月

宋·张孝祥

江山自雄丽，风露与高寒。寄声月姊，借我玉鉴此中看。幽壑鱼龙悲啸，倒影星辰摇动，海气夜漫漫。涌起白银阙，危驻紫金山。

表独立，飞霞佩，切云冠。漱冰濯雪，眇视万里一毫端。回首三山何处，闻道群仙笑我，要我欲俱还。挥手从此去，翳凤更骖鸾。

注释

江山：借指国家的疆土、政权。雄丽：江山雄伟、壮丽。

风露：风和露。高寒：指月光；月亮。

寄声：托人传话。月姊：原指传说中的月中仙子、月宫、嫦娥，借指月亮。

霞佩：仙女的饰物，借指仙女。

切云冠：高冠名。

眇（miǎo）视：仔细观看。毫端：细毛的末端。比喻极细微。

回首：回头；回头看。三山：传说中的海上三神山。何处：哪里，什么地方。

闻道：听说。

挥手：挥动手臂，表示告别。从此：从此时或此地起。

翳（yì）凤：本谓以凤羽为车盖，后用为乘凤之意。骖（cān）鸾：谓仙人驾驭鸾鸟云游。

简析

这首词的上阕描写雄丽的长江月夜的景色，“江山自雄丽，风露与高寒”二句，既写出江山雄伟、壮阔的气势，又点明夜间登临的风露与春寒的感觉。“寄声月姊”二句，词人对月倾吐心声，欲借用她那珍贵的“玉鉴”来瞭望这美妙的景色。更用拟人化的手法，赋予客观物体以浓烈的主观感情色彩。“幽壑鱼龙”三句，具体描绘登山时所见的各种物象。“涌起”二句，进一层写月随波涌的奇特物景。这种高驻金山的奇景，给人一种似乎写真又是虚幻的艺术感受。

下阕抒发富有浪漫气质的感情。“表独立，飞霞佩，切云冠”是外在的描述，以飞霞为玉佩，头戴高冠，遗世独立地俯视这人间大地。紧接着“溅冰”二句则揭示内心的感受。词人浸沉在如同冰雪那样洁白的月光里，他的目力仿佛能透视万里之外的细微景物。“回首”三句，如梦如幻，飘然欲仙。结末二句展现乘坐凤羽做的华盖、用鸾鸟来驾车的情景，更富有游仙的意趣。总体来说，这首词的艺术构思，匠心独运。词人面对雄丽的江山、洁白的月色，心物感应，由外至内，创造了飘然欲仙的艺术世界，显示了奇特的英气和旷达的心胸。

名家点评

陈应行：张孝祥“所作长短句凡数百篇，读之泠然洒然，真非烟火食人辞语。予虽不及识荆，然其潇洒出尘之姿，自然如神之笔，迈往凌云之气，犹可以想见也”。(《于湖先生雅词序》)

辛弃疾

辛弃疾（1140—1207），字幼安，号稼轩，历城（今山东济南）人。早年率众抗金，曾生擒叛徒张安国南归。后历任建康通判、江阴签判、广德军通判、江西提点刑狱以及湖南、江西、福建安抚使等职。晚年出任浙东安抚使和镇江知府，不久被弹劾，郁郁而终。

辛弃疾与苏轼合称“苏辛”，与李清照并称“济南二安”。其词艺术风格多样，以豪放为主，风格沉雄豪迈又不乏细腻柔媚之处。词中多表现希望国家统一的爱国热情，倾诉壮志难酬的悲愤，对当时执政者的屈辱求和颇多谴责。有词集《稼轩长短句》，现存词600多首。

今古恨，几千般，只应离合是悲欢

鹧鸪天·送人

宋·辛弃疾

唱彻《阳关》泪未干，功名馀事且加餐。浮天水送无穷树，带雨云埋一半山。

今古恨，几千般，只应离合是悲欢？江头未是风波恶，别有人间行路难！

注释

唱彻《阳关》：唱完送别的歌曲。彻：完。《阳关》：琴歌《阳关三叠》。

馀：多余。加餐：多吃饭。《后汉书·桓荣传》："愿君慎疾加餐，重爱玉体。"唐杜甫《垂老别》诗："此去必不归，还闻劝加餐。"

无穷：无尽，无边。

今古：古往今来。

般：种。

只应：只以为，此处意为"岂止"。

未是：还不是。风波恶：唐刘禹锡《竹枝词》："瞿塘嘈嘈十二滩，人言道路古来难。长恨人心不如水，等闲平地起波澜。"

别有：更有。行路难：白居易《太行路》："行路难，不在水，不在山，只在人情反复间。"

简析

这首词是辛弃疾的一首送人离别之作。上阕头两句"唱彻《阳关》泪未干，功名馀事且加餐"，词人这里用"唱彻""泪未干"描写送别，更觉无限伤感。"浮天水送无穷树，带雨云埋一半山"蕴含了词人离别时的凄凉伤感之情以及壮志难酬的激愤之情。词人借景抒情，先写水天相连，好像将两岸的树木送向无穷的远方；后写空中之云，乌云挟带着雨水，把重重的高山掩埋了一半，而情感蕴含其中，真是含蓄不露，富有余韵。

下阕"今古恨，几千般，只应离合是悲欢？"用反问语气，比正面的判断语气更富激情。作词送人而居然说离别并不是唯一可悲可恨的事，显示出词的思想感情将有进一步的开拓。"江头未是风波恶，别有人间行路难"，词人认为比此去的遭遇更险恶的，是存在于人们心中的风波。这样表达有两层新意：一是古往今来使人愤恨的事情千件万般，不是只有生离死别，还有国家大事；二是词人以江头风波险恶凸显人间行路之难，世事之险。这首词笔调深浑含蓄、举重若轻，不见刻意用力的痕迹而力透纸背，显示辛词的大家气度。

背景

这首词见于四卷本《稼轩词》的甲集，是辛弃疾中年时的作品。那时，他在仕途上已经历了不少挫折，因此词虽为送人而作，但是所表达的多是世路艰难之感。

名家点评

俞陛云：此阕写景而兼感怀，江树尽随天远，好山则半被云埋，人生欲望，安有满足之时。况世途艰险，过于太行、孟门，江间波浪，未极其险也。(《唐五代两宋词选释》)

老怀无绪自伤悲

鹧鸪天·重九席上再赋

宋·辛弃疾

有甚闲愁可皱眉。老怀无绪自伤悲。百年旋逐花阴转，万事长看鬓发知。

溪上枕，竹间棋。怕寻酒伴懒吟诗。十分筋力夸强健，只比年时病起时。

注释

旋：渐渐。

溪上枕：取自：《世说新语·排调》：“孙子荆年少时欲隐，语王武子‘当枕石漱流’，误曰：‘漱石枕流。’王曰：‘流可枕，石可漱乎？’孙曰：‘所以枕流，欲洗其耳；所以漱石，欲砺其齿。’”

竹间棋：取自李商隐《即日》诗：“小鼎煎茶面曲池，白须道士竹间棋。”

年时：指“去年”或“前年”。

简析

这首词是辛弃疾在重九席上吟咏老人心怀的词作。词的上片主要是抒发闲愁意绪，首二句“有甚闲愁可皱眉。老怀无绪自伤悲”，以自问自答的方式感喟人生，点出题旨。那是为着什么闲愁才这样愁眉不展的呢？还不是由于老来无奈、百无心绪的晚景堪悲啊！紧接着“百年旋逐花阴转，万事长看鬓发知”，写出了他对人生困境的觉悟与认识。前一句是说人生百年，转眼即逝；而后一句则是说世路坎坷，壮志莫伸，人情冷暖，晚景落寞，表达了某种人生的空漠感和幻灭感。

下片叙写了闲居生活。“溪上枕，竹间棋。怕寻酒伴懒吟诗”，比较集中地表现了他对人生的淡漠。每日来只是溪头醉饮，竹林对弈，打发着这闲暇的岁月，哪儿还有邀朋呼醉、作赋吟诗的旧时豪兴呢？“十分筋力夸强健，只比年时病起时”，用欲抑先扬的手法，指出现在所说的我身体强健也好，说我十分精神也好，都是相对的，是和“年时病起时”相比较而言的。表现了词人力求超拔人生困境的潇洒的生活态度。全词以白描的手法，直抒胸臆，格调沉郁苍凉，语言明白晓畅。

背景

这首词创作于宋孝宗淳熙五年（1178）。辛弃疾的词作多是表达自己壮志难酬、不能杀敌报国的愁苦和愤懑，像这首作品这样写景抒情的很少见。这首词是词人在任京都临安大理寺少卿时期，于淳熙五年因事赴东阳途中所作，词人因何事奔赴东阳，史无可考。

名家点评

〔清〕陈廷焯：信手拈来，自饶姿态，幼安小令诸篇，另有千古。(《词则·放歌集》)

千古兴亡，百年悲笑，一时登览

水龙吟·过南剑双溪楼

宋·辛弃疾

举头西北浮云，倚天万里须长剑。人言此地，夜深长见，斗牛光焰。我觉山高，潭空水冷，月明星淡。待燃犀下看，凭栏却怕，风雷怒，鱼龙惨。

峡束苍江对起，过危楼，欲飞还敛。元龙老矣！不妨高卧，冰壶凉簟。千古兴亡，百年悲笑，一时登览。问何人又卸，片帆沙岸，系斜阳缆？

注释

水龙吟：词牌名。

南剑：即南剑州，宋代州名。双溪楼：在南剑州府城东。

西北浮云：西北的天空被浮云遮蔽，这里隐喻中原河山沦陷于金人之手。

斗牛：星名，二十八宿的斗宿与牛宿。

待：打算，想要。

鱼龙：指水中怪物，暗喻朝中阻遏抗战的小人。惨：狠毒。

束：夹峙。

欲飞还敛：形容水流奔涌直前，因受高山的阻挡而回旋激荡，渐趋平缓。

冰壶凉簟：喝冷水，睡凉席，形容隐居自适的生活。

百年悲笑：指人生百年中的遭遇。

卸：解落，卸下。

缆：系船用的绳子。

简析

这首词是辛弃疾的一首登临之作。词的上片一开头“举头西北浮云，倚天万里须长剑”就像将军从天外飞来一样，凌云健笔，把上入青冥的高楼，千丈峥嵘的奇峰，掌握在手，写得寒芒四射，凛凛逼人。“人言此地”三句，写出人们均可于此地见到剑气上冲斗牛的情境。紧接着词人又把山高、潭空、水冷、月明、星淡等清寒景色，汇集在一起，以“我觉”二字领起，给人以寒意顿生的感觉。“风雷怒，鱼龙惨”，一个“怒”字，一个“惨”字，紧接着上句的“怕”字，从静止进入到惊心动魄的境界。

词的下片“峡束苍江对起，过危楼，欲飞还敛”，实写峡、江、楼。词笔刚劲中带韧性，极烹炼之工。“元龙老矣”几句，则是借陈元龙代指自己，可是如今已经老了，还不如归隐，过

“冰壶凉簟”的日子。用反语来表示自己的空怀壮志，报国无门。这首词最后三句与开篇浮云密布的形象不同，夕阳中航船卸落白帆，在沙滩上抛锚，渲染一派麻木不仁的和平景象。总体来说，这首词通体洋溢着爱国热情，很能代表辛词雄浑豪放、慷慨悲凉的风格，让人读起来不禁为之心折。

背景

辛弃疾在绍熙五年（1194）前曾任福建安抚使。从这首词的内容及所流露的思想感情看，可能是受到主和派谗害诬陷而落职时的作品，但作于在福建任职时期。词人途经南剑州，登览历史上有名的双溪楼，有感而作此词。

姜夔

姜夔（1154—1221），饶州鄱阳（今江西省鄱阳县）人。字尧章，号白石道人，南宋文学家、音乐家。少年孤贫，屡试不第，终生未仕，一生转徙江湖。姜夔多才多艺，对诗词、散文、书法、音乐，无不精善，是继苏轼之后又一难得的艺术全才。他的词题材广泛，有感时、抒怀、咏物、恋情、写景、记游、节序、交游、酬赠等。姜夔晚居西湖，卒葬西马塍。现存世有《白石道人诗集》《白石道人歌曲》《续书谱》《绛帖平》等书。

花满市，月侵衣，少年情事老来悲

鹧鸪天·正月十一日观灯

宋·姜夔

巷陌风光纵赏时，笼纱未出马先嘶。白头居士无呵殿，只有乘肩小女随。

花满市，月侵衣，少年情事老来悲。沙河塘上春寒浅，看了游人缓缓归。

注释

鹧鸪天：词牌名。双调，五十五字，押平声韵。也是曲牌名。

正月十一日观灯：据周密《武林旧事》载，临安元夕节前常有试灯预赏之事。

巷陌：街道的通称。纵赏：尽情观赏。

笼纱：灯笼，又称纱笼。

白头居士：词人自指。呵殿：前呵后殿，指身边随从。

乘肩小女：坐在肩膀上的小女孩。

花满市，月侵衣：谓花灯满街满市，月光映照衣裳。侵：映照。

“少年”句：指词人的爱情悲剧。20多岁时，姜夔在合肥曾有一位情人，后来分手了，但一直念念不忘，长久不得见，旧事上心头，无限惆怅。

沙河塘：地名，在钱塘（今浙江杭州）南五里。

简析

此词题作“正月十一日观灯”，乃写灯节前的预赏。但是这首词的着眼点不在写节日之乐，而在抒身世之感慨，以乐景写哀情，便是此词特色所在。上片通过对比手法，反映南宋统治集团贪图享乐、昏聩腐朽和正直志士的清贫孤寂。“巷陌”两句写权贵们观灯的盛大场面。“笼纱未出马先嘶”，仅以七字概括了这些贵族公子外出观灯的气派，气象华贵。词人从侧面着笔，写出一个典型的细节，先声夺人，造成一种无形的美感。“白头”二句，笔势骤转，与前两句形成鲜明对照，是词人晚年贫寒落魄生活的写照。

下片写身世悲感。先承上片写元宵灯市的繁华，以“花满市”三字总括。接着以“月侵衣”三字补述花好月圆的良辰，并带出“老来悲”的哀叹。“少年”句则是哀情。以乐景写哀，则倍增其哀。结尾二句写夜深灯散，春寒袭人，游人逐渐归去，表现了词人在沙河塘上目送游人缓缓而归，顿生孤寒寂寥之感。结句与起句形成对比、反衬：来时巷陌马嘶，何其热闹；去时游人缓归，何其冷清。

这首词的对比手法特色鲜明，通过贵家子弟出行前呼后拥与自己出行冷冷清清的强烈对比，突出自身贫寒落拓的寂寥落寞；元宵灯市的繁华、花好月圆的良辰、少年情事的欢娱与老来寂寞悲苦的对比，以乐衬哀，倍增其人生的失意惆怅与悲伤；来时巷陌马嘶、热闹非凡与去时游人缓归、冷清寂寞的对比，使人顿生孤寒寂寥之感。

背景

庆元三年（1197）正月，当时词人已44岁，移家临安，依附于张鉴门下。姜夔在杭州见满市花灯，当空皓月，回忆起少年时元夕同游之乐事，而今情事已非，反成老来之悲，于是写下此词。

此词题作“正月十一日观灯”，乃写灯节前的预赏。但此词的主旨不在于描绘灯节的繁华热闹景象和叙写节日的愉悦心情，而在于抒写漂泊江湖的身世之感和情人难觅的相思之情。

名家点评

况周颐：白石词：“少年情事老来悲。”宋朱服句：“而今乐事它年泪。”二语合参。可悟一意化两之法。（《蕙风词话》）

刘斯奋：末二句写老年人心理情态入妙。（《刘斯奋诗译宋四家词选 姜夔·张炎》）

吴潜

吴潜（1195—1262），原籍宣州宁国（今属安徽），出生于浙江德清新市镇。字毅夫，号履斋，南宋后期名臣、诗人。秘阁修撰吴柔胜第四子，参知政事吴渊之弟。南宋宁宗嘉定十年（1217）举进士第一，授承事郎，迁江东安抚留守。景定三年（1262），为贾似道党羽下毒害死，年六十八。德祐元年（1275）获得平反，次年追赠少师。他常与姜夔、吴文英等交往，但词风却更近于辛弃疾，多抒发济时忧国的抱负与报国无门的悲愤。格调沉郁，感慨特深。著有《履斋遗集》，词集有《履斋诗余》。

抖擞一春尘土债，悲凉万古英雄迹

满江红·金陵乌衣园

宋·吴潜

柳带榆钱，又还过、清明寒食。天一笑、浦园罗绮，满城箫笛。花树得晴红欲染，远山过雨青如滴。问江南、池馆有谁来，江南客。

乌衣巷，今犹昔。乌衣事，今难觅。但年年燕子，晚烟斜日。抖擞一春尘土债，悲凉万古英雄迹。且芳尊、随分趁芳时，休虚掷。

注释

金陵乌衣园：南京秦淮河岸乌衣巷东面，原为东晋王、谢等贵族住宅遗址，南宋时已成为人们的游乐场所。

柳带榆钱：指柳条飘拂，榆荚成串。

清明寒食："清明"是一年二十四节气中的一"气"。"寒食"是令名，在清明节前一两日，以禁火做饭，故名。

罗绮：此以衣代人，指游女。

江南客：自指并兼指其兄。

乌衣事：指东晋王导和谢安住在这里，衣冠来往、车马喧闹的历史事迹。

尘土债：指自己仕宦的官务。这两句是说，本来想借游园以摆脱繁杂的官场事务，谁知来到园中却勾起人世沧桑的无限悲凉。

随分：犹云随便。

简析

词的上片"柳带榆钱，又还过、清明寒食"，写春末游乐盛况，清明时节正是出游的好时候。"天一笑、浦园罗绮，满城箫笛"，天气好，游女如云，笙歌满耳，雨后花园里的景色也格外清丽，游人、景物等都写得很美好。以上数句，词人把游人、景物、所见所闻的一切都写得那么美好。但紧接着话风一转，"问江南、池馆有谁来，江南客"。词人是此地的官员，感到与此地游人、景物很不融洽，可见其心情的悒郁，表达一种客居江南的落寞之感。用乐景写哀情，使哀情表达得更强烈。

词的下片顺理成章地转入怀古。“乌衣巷，今犹昔。乌衣事，今难觅”，以“乌衣”并提，但巷犹如往昔，事却难觅，既是用典又是对比。自然地表达出一种历史转换、物是人非之感，也透露出人生事业不如意的感慨。“但年年燕子，晚烟斜日”，只有春来秋去的燕子年年来此凭吊一番，“晚烟斜日”，景象何其萧条。燕子当年经历过乌衣园的繁盛，如今又看到它的冷落，词人的今昔之感借燕子做了具体呈现。“且芳尊、随分趁芳时，休虚掷”，故作反语，表现自己济时报国的“英雄”事业难以实现的悲愤。

吴潜的这首词上片写自己游乌衣巷看到春末的景况，表达光阴荏苒之感。下片转入怀古，引出自己的身世，抒发自己仕途不顺的苦闷和压抑之情。这首词融情于景，借古讽今，笔调洒脱凝重，语虽极浅，味却无限。

背景

这首词作于宋理宗端平元年（1234）寒食、清明两节期间，当时吴潜正在建康（今江苏南京）任淮西财赋总领，与其兄吴渊同游乌衣园，遂有此作。

名家点评

〔明〕陈霆：史称履斋为人豪迈，不肯附权要，然则固刚肠者。而“抖擞”“悲凉”等句，似亦类其为人。(《渚山堂词话》)

王恽

王恽（1227—1304），卫州路汲县（今河南卫辉）人。字仲谋，号秋涧，元朝著名学者、诗人兼政治家。一生仕宦，刚直不阿，清贫守职，好学善文，是元世祖忽必烈、元裕宗真金和元成宗铁穆耳三代著名谏臣。大德八年（1304）六月二十日，在汲县去世，终年78岁。他的书法遒婉，与东鲁王博文、渤海王旭齐名。著有《秋涧先生全集》。散曲创作，今存小令41首。

悲欢离合常事，知己古为难

水调歌头·送王子初之太原

元·王恽

将军报书切，高卧起螭蟠。悲欢离合常事，知己古为难。忆昔草庐人去，郁郁风云英气，千载到君还。歌吹展江底，长铗不须弹。

路漫漫，天渺渺，与翩翩。西风鸿鹄，一举横绝碧云端。自笑鹡鸰孤影，落日野烟原上，沙晚不胜寒。后夜一相意，明月满江干。

注释

螭蟠：亦作“螭盘”。如螭龙盘踞。晋陆云《盛德颂》：“陛下螭蟠泗水，龙跃下亭。”

鹡鸰：《诗·小雅·常棣》：“脊令在原，兄弟急难。”后以“鹡鸰”比喻兄弟。晋袁宏《三国名臣序赞》：“岂无鹡鸰，固慎名器。”

简析

这是王恽送友人王子初去太原上任而写的一首词。词的上片“将军报书切，高卧起螭蟠”交代了送别发生的缘由。“悲欢离合常事，知己古为难”指人世间悲与欢、散与聚的遭遇都是常常会发生的事情，但对于彼此相知而情谊深切的人就会非常为难。表现了词人与友人之间的深厚友谊。“忆昔草庐人去，郁郁风云英气，千载到君还”三句回忆了过去离开草庐时候的情景。最后一句更是悲壮慷慨，前方路途遥远，不需要去弹手中的长剑，表现了词人豪放旷达的气概。

词的下片“天渺渺，与翩翩。西风鸿鹄，一举横绝碧云端”，鸿鹄展翅高飞，一翱翔达千里。羽翼已经丰满，气力充盈，纵横游历，飞遍四海无所阻碍。因鸿鹄善高飞，常比喻志向远大的人。紧接着话锋一转，“自笑鹡鸰孤影，落日野烟原上”，与鸿鹄高飞形成对比，联系上下文，可知词人友情之深挚，别意之凄酸。最后一句从侧面表现了词人不忍分离的笃挚感情。词人以豪迈的气势，开朗的胸襟，叙写离情，表达了与朋友之间强烈、深挚的惜别之情。

背景

这首词是送友人王子初赴太原上任而作，同时词人另写有

《送子初宗兄出镇闽台》之诗。

名家点评

吴梅：“精密宏博，自出机杼”，于词可见一斑。(《词学通论》)

刘辰翁

刘辰翁（1233—1297），庐陵灌溪（今江西省吉安市吉安县梅塘乡小灌村）人。字会孟，别号须溪，是南宋末年著名的爱国词人。景定三年（1262）登进士第。一生致力于文学创作和文学批评活动，为后人留下了可贵的丰厚文化遗产。其写作风格取法苏辛而又自成一体，豪放沉郁而不求藻饰，真挚动人，力透纸背，作词数量仅次于辛弃疾、苏轼。代表作品《兰陵王·丙子送春》《永遇乐·璧月初晴》等。遗著由子刘将孙编为《须溪先生全集》，《宋史·艺文志》著录为100卷，已佚。

人间俯仰，悲欢何限，团圆如故

桂枝香·吹箫人去

宋·刘辰翁

吹箫人去。但桂影徘徊，荒杯承露。东望鞭芙缥缈，寒光如注。去年夜半横江梦，倚危樯，参差曾赋。茫茫角动，回舟尽兴，未惊鸥鹭。

情知道、明年何处。漫待客黄楼，尘波前度。二十四桥，颇有杜书记否。二三字者今如此，看使君、角巾东路。人间俯仰，悲欢何限，团圆如故。

注释

桂枝香:《桂枝香》又名《疏帘淡月》。

桂影：桂花树的影子。

使君：汉代称“刺史”。汉代以后用作对州郡长官的尊称。

角巾：借指隐士或布衣。

俯仰：低头和抬头，比喻很短的时间。

简析

这是刘辰翁在中秋节回忆团圆时所作的一首词。这首词的上片写景。“吹箫人去。但桂影徘徊，荒杯承露。东望鞭芙缥缈，寒光如注”，这几句先写当时月光下孤寂、清冷的景象。意为吹箫的人已经走了，但桂花树的影子徘徊着。收成不好的年岁承接着甘露，向东望去缥缈的荷花池，仿佛注入了寒光。紧接着几句意为去年在半夜舟横江上，人入梦中，倚靠着高的桅杆，写出长短不齐的诗赋。尽兴返回，没有惊动鸥鹭。

词的下片抒情，联想到明年到何处，进行了人与人的对比，写出了人间的悲欢离合，对友人的思念，更是对与友人团圆的一种渴盼。一上来就写谁知道明年在哪里？慢慢地在等待黄鹤楼的友人，一直漂泊在外度过前半生。“人间俯仰，悲欢何限，团圆如故”，低头抬头的人间，悲伤怎样受到限制，团圆跟原来一样。中秋之日，月圆人离，不免伤怀。通过写景、抒情的双重手法对这团圆之日进行描绘，通过情景交融的方式道出国破家散的心酸感受。

背景

《桂枝香·吹箫人去》是刘辰翁赠答马观复的词。刘辰翁说，当时新旧气候交恶，甚思去年中秋泛月，感恨杂言，遂作了这首词，寄给马观复。

名家点评

〔明〕杨慎：以意难忘按之，可歌也。(《诗品·词品》)

严羽

严羽（生卒年不详，据其诗推知主要生活于理宗在位期间，至度宗即位时仍在世），邵武莒溪（今福建省邵武市永泰县莒溪镇）人。南宋诗论家、诗人，字丹丘，一字仪卿，自号沧浪逋客，世称严沧浪。一生未曾出仕，与同宗严仁、严参齐名，号“三严”；又与严肃、严参等8人，号“九严”。严羽论诗推重汉魏盛唐，号召学古，所著《沧浪诗话》名重于世，被誉为宋、元、明、清四朝诗话第一人，还著有诗集《沧浪吟卷》。

关河一望不胜悲

临川逢郑遐之之云梦

宋·严羽

天涯十载无穷恨，老泪灯前语罢垂。
明发又为千里别，相思应尽一生期。
洞庭波浪帆开晚，云梦蒹葭鸟去迟。
世乱音书到何日？关河一望不胜悲。

注释

明发：明早出发。

蒹葭：芦荻。

简析

严羽的这首诗模仿痕迹颇重，化用了很多前人的诗句。首联“天涯十载无穷恨，老泪灯前语罢垂”，先写久别重逢的感伤，下文则主要是描写了别离之后的痛苦，本诗的主要笔墨都是用在渲染为写离情别恨而虚设的情景上。尤其是颈联和尾联，诗人代友人郑氏想象归来重逢之艰难。千里离别，道阻且长，路上该有多少艰辛？在这动乱的年月中，人们过着朝不保夕的生活，他年又岂会有再见之日？写“逢”是为了突出“离”：逢为实，离为虚；逢为次，离为主。

尾联“世乱音书到何日？关河一望不胜悲”，望关河何以令人悲？诗人在这里并未明确地去说明，而是留有余地给读者去想象，真可谓“言有尽而意无穷”。诗以“无穷恨”开篇，又以“不胜悲”作结，首尾呼应，显得沉郁悲凉。那种动乱年月与友人难得相逢又仓促别离的悲怆之情，便都在这无限的想象空间中表现出来了。本诗运用了虚实结合的手法。第一联为实写，后三联为虚写。联想和想象是虚写中的主要手法，虚实结合，相互映衬，相得益彰。

蒋捷

蒋捷，生卒年不详，字胜欲，号竹山，阳羡（今江苏宜兴）人。南宋度宗咸淳十年（1274）进士。南宋亡后隐居太湖竹山，人称竹山先生。元大德年间有人荐举他做官，隐居不仕。

蒋捷与周密、王沂孙、张炎并称“宋末四大家”。其词题材广泛、风格多样、文字精练，对后世影响颇深，存词90余首。有《竹山词》传世。

悲欢离合总无情

虞美人·听雨

宋·蒋捷

少年听雨歌楼上，红烛昏罗帐。壮年听雨客舟中，江阔云低、断雁叫西风。

而今听雨僧庐下，鬓已星星也。悲欢离合总无情，一任阶前、点滴到天明。

注释

昏：昏暗。罗帐：古代床上的纱幔。

断雁：失群的孤雁。
僧庐：僧寺，僧舍。
星星：白发点点如星，形容白发很多。
无情：无动于衷。
一任：听凭。

简析

这首词从听雨这一独特视角，描绘了词人人生三个阶段的不同境遇，分别流露出少年潇洒、壮年漂泊、暮年孤冷的心境。上片回忆少年歌楼听雨时红烛罗帐的温馨欢恰的画面，以及中年客舟听雨时江阔云低、西风悲雁的漂泊落寞的场景。前三句，一句一画面，以听雨为线索真切地描画出自己人生的三个阶段：少年，寻欢作乐，歌楼上闲听歌雨；壮年，漂泊天涯，客舟中愁听风雨；老年，寄人篱下，僧庐下听雨度残年。三幅画面前后衔接而又相互映照，艺术地概括了词人由少到老的人生道路。这些都是虚写。

下片实写而今暮年独在僧庐下听雨时凄凉孤寂的处境。单写“而今”听雨，夹叙夹议。用“鬓已星星也”点明“而今”年岁，而“星星”之鬓，暗示愁苦满怀。重心是“悲欢离合总无情”，是议论也是对自己一生经历、人生的认识。“一任阶前、点滴到天明”，是意味极深的内心独白。这首词采用了虚实结合的表现手法，感怀已逝岁月，词人慨叹目前境况，表达时光易逝、一生漂泊孤苦的情感，并暗含对国家由兴而衰而亡的叹惋。

背景

1267年，元灭南宋。宋元之际的词人，经历了这一沧桑变故，其国破之痛、家亡之恨，都在他们的作品中表现出来。蒋捷用词作来抒发黍离之悲、铜驼荆棘之感，表现悲欢离合的个人遭遇，其中《虞美人·听雨》便是这一时期创作中的代表作。

张养浩

张养浩（1270—1329），字希孟，号云庄，济南人。少年知名，历任堂邑县尹、监察御史、翰林学士、礼部尚书等职。后因感仕途险恶而弃官归隐。文宗天历二年（1329），关中大旱，特拜陕西行台中丞，遂散其家财，登车就道，不久劳瘁而卒。

张养浩诗文兼擅，而尤以散曲著称，多写于辞官归里之时。有散曲集《云庄休居自适小乐府》传世。

见遗基，怎不伤悲

山坡羊·未央怀古

元·张养浩

三杰当日，俱曾此地，殷勤纳谏论兴废。见遗基，怎不伤悲！山河犹带英雄气，试上最高处闲坐地。东，也在图画里；西，也在图画里。

注释

未央：汉朝宫殿名。故址在今陕西西安。

三杰：指汉代张良、萧何、韩信三人，他们帮助刘邦统一中国。

纳谏：古代君主采纳臣下的进谏。

遗基：指残留的未央宫废墟。

闲坐地：闲坐着。

简析

这首曲子通过写登临帝王宫殿遗址，采用了借景抒情的手法，抒发了作者对入画江山的赞美，对先贤的追慕，对汉初臣谏君纳政治气氛的羡慕。这首曲子的上片“三杰当日，俱曾此地，殷勤纳谏论兴废”，主要写作者在登未央宫殿的遗址时，不禁想起当年汉室三杰，都曾在这里聚会，汉朝建立后，他们还经常向刘邦诚挚地进谏，谈论历朝历代的交替兴废。1000多年过去了，“见遗基，怎不伤悲！”如今看到他们当年的遗迹，往事涌上心头，怎不令人无限伤悲！作者触目伤怀，感情痛切，风格沉郁。

曲子的下片“山河犹带英雄气，试上最高处闲坐地”，作者仰慕三杰的英气长存，为河山生色，也就是仰慕三个人物的壮志与功业，这种仰慕之中自然也就透露出作者想建功立业、有所作为的雄心壮志。“东，也在图画里；西，也在图画里”，写的是向东望去，美丽的山川如在图画之中；向西望去，美丽的山川也如在图画当中。祖国的美丽山河，使作者心中发出由衷的赞叹，表现了他的爱国热情。

背景

这首曲子是张养浩在登未央宫殿遗址时抒发内心感情的作品，着重与“三杰”的对比后感叹自己仕途坎坷。该曲子是1329年张养浩在陕西救灾期间所写。

赵善庆

赵善庆（？—1345），饶州乐平（今江西乐平县）人。元代文学家。一作赵孟庆，字文贤，一作文宝，《录鬼簿》说他“善卜术，任阴阳学正”。著杂剧《教女兵》《村学堂》八种，均佚。散曲存小令29首。《太和正音谱》称其曲“如蓝田美玉”。

狐兔悲，草木秋

山坡羊·长安怀古

元·赵善庆

骊山横岫，渭河环秀，山河百二还如旧。狐兔悲，草木秋；秦宫隋苑徒遗臭，唐阙汉陵何处有？山，空自愁；河，空自流。

注释

“骊山”二句：骊山峰峦横亘；渭河环流，一片秀丽。岫（xiù）：峰峦。

“山河”句：险要的山川形势依然未改。

“狐兔”二句：狐兔伤心，草木悲秋，都在哀叹长安的荒凉。

“秦宫”句：秦始皇的离宫，隋炀帝的上林苑，徒然遗下臭名。

简析

这是一首非常典型的咏史之作。“骊山横岫，渭河环秀，山河百二还如旧”，作者居高临下地鸟瞰了长安的险要形势和壮丽风光。“横”“环”二字用得非常巧妙传神，不仅点明所咏之地是长安，而且把历代古都形势的险要、景色的壮丽全部烘托而出，使前后景色形成强烈的对比，表达了作者怀古伤今的慨叹。

“狐兔悲，草木秋”二句，句意为狐兔伤心，草木悲秋，都在哀叹长安的荒凉。紧接着，“秦宫隋苑徒遗臭，唐阙汉陵何处有？”又用激昂的带议论性的语言揭示出：秦始皇、隋炀帝这些暴君役使人民修建起来的离宫、上林苑，早已不复存在，只是留下一个骂名；汉陵唐阙又在哪里？留下的岂不就是衰败的草木和哀哀狐兔吗？

最后以“山，空自愁；河，空自流”八字作结。整首作品写得含蓄朦胧。以议论作结，点破兴亡，明快直露，有浓郁的散曲风味。也表达了一种空无的思想，大有一切终将化为尘土的感觉。这首元曲在抒发兴亡之感的同时夹杂着作者对人生无常，瞬息即逝，山河依旧，人事全非的感慨。

陈子龙

陈子龙（1608—1647），汉族，南直隶松江华亭（今上海松江）人。字卧子、懋中、人中，号大樽、海士、轶符等，是明末官员、文学家。曾因开展抗清活动事败后被捕，投水殉国。他是明末重要作家，诗歌成就较高，诗风或悲壮苍凉，充满民族气节，或典雅华丽，或合二种风格于一体。擅长七律、七言歌行、七绝，被公认为"明诗殿军"。陈子龙亦工词，为婉约词名家、云间词派盟主，被后代众多著名词评家誉为"明代第一词人"。

并刀昨夜匣中鸣，燕赵悲歌最不平

渡易水

明·陈子龙

并刀昨夜匣中鸣，燕赵悲歌最不平。
易水潺湲云草碧，可怜无处送荆卿！

注释

易水：源出河北省易县西，东流至定兴县西南与拒马河汇合。古时是燕国南部的一条大河。

并刀：并州（今山西省太原市一带）产的刀，以锋利著名，后常以之指快刀。指宝刀、宝剑。匣中鸣：古人形容壮士复仇心切，常说刀剑在匣子里发出了叫声。

燕赵：战国时的两个诸侯国，分别在今河北省和山西省地区。古时燕赵出过不少侠客义士，干出了很多悲壮的事情。韩愈《送董邵南序》："燕赵古称多感慨悲歌之士。"

潺湲：河水缓缓流动的样子。

荆卿：即荆轲，战国时卫国人。被燕太子拜作上卿。太子丹派他去秦国行刺秦王，并亲自送他渡过易水，行刺未成被杀。事见《史记·刺客列传》。

简析

这是明代陈子龙的一首怀古诗。重在抒写诗人由古人古事所触发的思想感情，将怀古咏史紧密结合时事与胸中报国热忱，是此诗最大的特色。前两句"并刀昨夜匣中鸣，燕赵悲歌最不平"，意为锋利的并刀昨夜在匣中幽幽鸣响，燕赵的悲歌最能表达壮士心中的不平。前两句运用典故，借名刀在匣子里发出鸣响，抒发不平之气。诗人在这里以并刀夜鸣写出报国志向，诗人途经"燕赵"旧地，渴望效命疆场，隐含了诗人的忧国伤时之情。

后两句"易水潺湲云草碧，可怜无处送荆卿"，而今的易水潺潺流淌映着白云青草，可惜这里已无处送别像荆轲那样的壮士贤良！诗人在这里间接引用了荆轲刺秦的故事，写易水美景，以议论作结，强烈表达了英雄失路的悲愤之情。这首诗写易水慢流，天青草绿，河山依旧，可惜再找不到像荆轲那样的壮士。抒发了诗人知音难觅、报国无门的愤慨。全诗悲壮慷慨，苍凉沉痛，表现了诗人崇高的民族气节。诗人把对现实政治的强烈抒情融于深沉的咏史之中，洋溢着磊落不平之气。

背景

明思宗崇祯十三年（1640），诗人母丧服满，这时，建州女真族统治者已改国号为“清”，对明王朝虎视眈眈，窥伺已久；国内义军风起云涌，威逼京城。内忧外患，交并而至。陈子龙由家乡松江华亭（今上海市松江区）赴京途中过易水的时候，有感于1800多年前荆轲的慷慨悲歌，从容为国牺牲，激情难已，感慨系之，于是援笔写下了这首七绝。

王夫之

王夫之（1619—1692），衡州府城南王衙坪（今衡阳市雁峰区）人。字而农，号姜斋，又号夕堂，是我国古代著名的思想家、哲学家、史学家、文学家、美学家之一，为湖湘文化的精神源头，与黑格尔并称东西方哲学双子星座、中国朴素唯物主义思想的集大成者、启蒙主义思想的先导者，与黄宗羲、顾炎武并称为明末清初的三大思想家。著有《周易外传》《黄书》《尚书引义》《永历实录》《春秋世论》《噩梦》《读通鉴论》《宋论》等书。

忆自寻香人去也，寒原夕阳烧悲灺

蝶恋花·湘水自分漓水下

明·王夫之

湘水经东安县东，有沉香塘，石壁隙插一株，云是沉水香，澄潭清冷，绿萝倒影。

湘水自分漓水下。曲曲潺湲，千里飞哀泻。冰玉半湾尘不惹，停凝欲挽东流驾。

百尺危崖谁羽化。一捻残香，拈插莓苔隙。忆自寻香人去也，寒原夕阳烧悲灺。

注释

潺湲：形容河水慢慢流的样子。

停凝欲挽东流驾：喻香塘将湘江水留驻于此。东流驾：指湘江之水。

羽化：旧时迷信的人说仙人能飞升变化，把成仙叫作羽化。

灺：蜡烛的余烬。

简析

此词选自《王夫之文集》。王夫之的《潇湘十景词》集潇湘胜景，抒赞颂真情，令人大开眼界，乃明清之际词作中的精品。《十景词》均以《蝶恋花》谱之，整齐划一却不失灵动，情随景移而独具匠心。前四景分别绘永州四处颇有代表性的绝胜——宁远舜岭云峰、东安香塘渌水、零陵朝阳旭影、祁阳浯溪苍壁，有山有水，亦虚亦实。描摹则生动形象，给人身临其境之感；抒情则真切细腻，传递着词人的别样情怀。

香塘为何香气不绝？渌水何以玉碧冰清？是桂子飘香，顺漓水而下，注入湘江，汇聚到此以东归入海而至此？是众溪潺湲，不舍昼夜，在此吐故纳新呈万种风情而使然？抑或造物主恩赐，捻香引河而为之耶？答案是什么，无须深究。千百年来，香塘以其甘甜清纯、绿水碧波，招引和吸纳着历朝历代到此观赏的名士淑女、迁客骚人、高僧大德、百姓万民。面对那曲折有致的溪流，那纤尘不染的方塘，那凝香溢彩的涟漪，那优美动人的传奇……心灵无不为之陶醉，为之净化。人世间的喜怒哀乐，官场中的升降黜罚，顿时会被香塘的清流冲洗得一干二净。

然则香塘边百尺危崖是何人移置至此，那一柱沉水香的石壁又是何人将它植入莓苔隙缝之中，“危崖”何时“羽化”，“残香”可否续延呢？诸如此类的疑惑，已是千古之谜。忽而想到屈原《涉江》“乘鄂渚而反顾兮，欸秋冬之绪风”，想到南朝宋诗人谢灵运《登池上楼》“池塘生春草，园柳变鸣禽”，似有所悟，遂生“香塘何在，人去沉香”之叹，因之悲欣交集，物我两忘矣！与《舜岭云峰》相比，此词格调更为低沉。描述之中略显伤感，赞叹之外已蕴悲情。

朱彝尊

朱彝尊（1629—1709），浙江秀水（今浙江嘉兴）人。字锡鬯，号竹垞，又号醧舫，晚号小长芦钓鱼师，别号金风亭长，清朝词人、学者、藏书家，明代大学士朱国祚的曾孙，康熙四十八年（1709）卒，年八十一。他的词风格清丽，为“浙西词派”的创始人，与陈维崧并称“朱陈”，与王士祯称南北两大诗宗（“南朱北王”）；精于金石，为清初著名藏书家之一。著有《曝书亭集》80卷，《日下旧闻》42卷，《经义考》300卷；选《明诗综》100卷，《词综》36卷（汪森增补）。所辑成《词综》是中国词学方面的重要选本。

结多少悲秋俦侣，特地年年，北风吹度

长亭怨慢·雁

清·朱彝尊

结多少悲秋俦侣，特地年年，北风吹度。紫塞门孤，金河月冷，恨谁诉？回汀枉渚，也只恋江南住。随意落平沙，巧排作、参差筝柱。

别浦，惯惊移莫定，应怯败荷疏雨。一绳云杪，看字字悬针垂露。渐攲斜、无力低飘，正目送、碧罗天暮。写不了相思，又蘸凉波飞去。

注释

俦侣：伴侣。

紫塞：指长城。此处泛指北方塞外。

金河：指秋空。古代以阴阳五行解释季节演变，秋属金，所以称秋空为金河。

回汀枉渚：汀，水边平地。渚：水中小洲。回，枉：弯曲的形状。

筝柱：指筝上的弦柱。此处用以形容大雁飞行的队形。

浦：水滨。

一绳云杪：形容大雁排成一字形飞向天边。

攲斜：倾斜不平。

简析

这首词是清代朱彝尊写的一首咏物词。上片写雁儿被迫从塞北飞往江南的情景。首句“结多少悲秋俦侣，特地年年，北风吹度”，北风年年有意吹到塞外，悲秋的大雁结成伴侣飞向南方。“紫塞门孤，金河月冷，恨谁诉？”寂寥的关塞，广漠的天空，满腔的哀怨向谁倾诉呢？词人在这里采用了用典的表现手法，生动细致地描绘出了一幅大雁南飞的图画。“随意落平沙，巧排作、参差筝柱”，这是对群雁憩息时的静态描述。

下片寄托了词人的无限感慨。“惯惊移莫定，应怯败荷疏雨”是对雁儿逼真的心理刻画。“一绳云杪，看字字悬针垂露”是对雁阵飞行时的动态勾勒。“渐攲斜、无力低飘”是对秋雁形象的外观描写。时当金秋，却是满眼的北风、冷月、孤门、败荷、疏雨、暮色，成群的大雁排成不同的队形，在略作休息之后又疲倦地向南飞去，这里面充满着苍凉悲凄的气氛。这首词由雁及人，又由人而推及故国沦亡，使作品的主题得到了深化，又使作品产生出强烈的立体感，增加了作品的艺术感染力。作者观察细致，体物入微。全词委婉含蓄，寄喻殊深。

背景

词人经历明亡清初，当时处于异族统治下的汉族士大夫具有特殊的时代情绪，他们虽然身在上层统治者的行列，但毕竟有潜伏在意识深处的民族情绪，这种情绪会表现为不安、惆怅、孤寂，表现为对已故明朝的追怀思念。然而这些又是难言之隐，往往只能在诗词中曲折地抒发出来。

名家点评

〔清〕陈廷焯：感慨身世，以凄切之情，发哀婉之调，既悲凉，又忠厚，是竹垞直逼玉田之作，集中亦不多见。(《白雨斋词话》)

唐达成：词人对大雁南飞的描绘，无论是动态还是静态，都极为传械。雄关、冷月、沙洲、败荷、疏雨以及没有边际的寂寥的天空，这些恰像一幅水墨画，意境是那样苍凉凄清。(《文艺简析词典》)

纳兰性德

纳兰性德（1655—1685），字容若，号楞伽山人，原名纳兰成德，一度因避讳太子保成而改名纳兰性德，清朝初年词人。其词以“真”取胜，写景逼真传神，词风清丽婉约，哀感顽艳，格高韵远，独具特色。著有《通志堂集》《侧帽集》《饮水词》等。

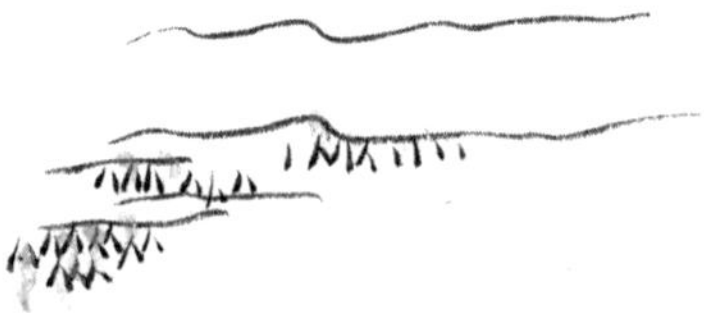

一阕悲歌泪暗零

采桑子·那能寂寞芳菲节

清·纳兰性德

那能寂寞芳菲节，欲话生平。夜已三更，一阕悲歌泪暗零。

须知秋叶春花促，点鬓星星。遇酒须倾，莫问千秋万岁名。

注释

采桑子：又名《丑奴儿》《罗敷媚》《罗敷艳歌》等。双调四十四字，上下片各四句三平韵。另有添字格，两结句各添二字，两平韵，一叠韵。

芳菲节：指春天。

一阕：一曲。零：滴落。

秋叶春花促：岁月催人老之意。促：催促。

点鬓星星：鬓边白发杂生。语出左思《白发赋》："星星白发，生于鬓垂。"星星：形容白发星星点点地生出。

倾：这里是一饮而尽的意思。

简析

这是清代纳兰性德的一首咏春词。词的上片"那能寂寞芳菲节，欲话生平"，百花盛开、莺啼燕语的时节，独处的我惆怅满怀，却欲言又止。夜深人寂，唯在一曲悲歌中黯然泣下。芳菲节指春天。一边是莺啼燕语、百花盛开，一边是"夜已三更，一阕悲歌泪暗零"，茕然独处，形影相吊，两相比衬之下，词人的内心确实是寂寞惆怅。这里所"欲话"之"生平"，无非是词人慨叹年复一年地度过，除去白发暗生之外别无所有。

词的下片"须知秋叶春花促，点鬓星星。遇酒须倾，莫问千秋万岁名"，时光荏苒，飘零的秋叶催促着春光褪尽，年华易逝，徒增了点点白发。不妨把酒饮尽，看淡这人生庸庸碌碌的一世虚名吧！促即催促。"秋叶春花促"，词人运用了拟人手法，指季节更迭就像被催促着一样。"点鬓星星"是说自己鬓边已经有了杂生的白发。"千秋万岁"之功名也只不过是一场春梦，故而三更时分，悲歌一曲，愁情更浓，想到这乏味的人生则唯有"泪暗零"而已。这首词抒发了人生无常，转瞬即逝，年华似水，不胜今昔的慨叹。

背景

纳兰性德自22岁起，便担任康熙侍卫，扈从銮驾南巡北征。他的年华和精力，都被耗费在无休无止的扈驾出巡中。如今又是一年一度的芳菲时节，但是却因志不得实现、失去自由而终日悲愤哀伤不已。

值此春夜，词人却独自不成寐，挨到三更时分，愁情更浓，于是悲歌一曲，写下了这首词。

秋瑾

秋瑾（1875—1907），字璇卿，号竞雄，又号鉴湖女侠。山阴（今浙江绍兴）人。近代民主革命志士。湖南湘乡王廷钧之妻。光绪三十年（1904）赴日本留学，次年参加同盟会。归国后积极准备皖、浙起义，失败被捕，不屈就义。有《秋瑾集》。

铜驼已陷悲回首，汗马终惭未有功

日人石井君索和即用原韵

清 · 秋瑾

漫云女子不英雄，万里乘风独向东。
诗思一帆海空阔，梦魂三岛月玲珑。
铜驼已陷悲回首，汗马终惭未有功。
如许伤心家国恨，那堪客里度春风。

注释

三岛：指日本。

“铜驼”句：《晋书 · 卷六十 · 列传第三十》：“靖（指索靖）有先识远量，知天下将乱，指洛阳宫门铜驼叹曰：会见汝在荆棘中耳。”这里借指国家，意思是说国家已亡给了满人。

汗马：作战有功叫作汗马功劳，作者为革命奔走，自谦还没有立下功劳。

简析

这首诗是秋瑾在1904年至1905年赴日时所作。首联“漫云女子不英雄，万里乘风独向东”，叙述诗人孤身一人东渡日本，胸怀革命大志，不愧为“巾帼英雄”。一个“独”字交代出诗人是只身前往，也表现出一往无前的英雄气概，“万里乘风”四字既是对现实情况的真实描写，又衬托出诗人的伟岸形象，寄寓了一腔报国的壮志豪情。颔联“诗思一帆海空阔，梦魂三岛月玲珑”，诗思伴随着征帆片片，像大海一样空阔无边；梦魂绕着三岛飞翔，像月光一样莹澈纯洁。这句主要写了诗人在海上的想象。

颈联“铜驼已陷悲回首，汗马终惭未有功”中的“铜驼已陷”比喻国家沦亡山河破碎的惨痛景象，神州先是亡于清朝，后来又被列强瓜分。“悲回首”是指沉痛地追忆往事。“惭”字用得极好，真挚地表达了诗人的爱国之情。尾联“如许伤心家国恨，那堪客里度春风”从反面作比，申说了此行的目的，也写出了旅日的抱负，情调由沉郁转向愤怒。这首诗结构上明显地呈现出起承转合的格局，风格沉豪雄壮，语言明快轻捷。